U0783366

林间漫游记
（秋之书）

【美】 温思罗普·帕卡德　著　董继平　译

青海人民出版社

图书在版编目（ＣＩＰ）数据

林间漫游记 /（美）温思罗普·帕卡德著；董继平译 . -- 西宁 : 青海人民出版社 , 2019.8
（自然物语丛书 . 第三辑）
ISBN 978-7-225-05799-6

Ⅰ . ①林… Ⅱ . ①温… ②董… Ⅲ . ①随笔－作品集－美国－现代 Ⅳ . ① I712.65

中国版本图书馆 CIP 数据核字 (2020) 第 135915 号

自然物语丛书 (第三辑)

林间漫游记

（美）温思罗普·帕卡德　著

董继平　译

出 版 人　樊原成
出版发行　青海人民出版社有限责任公司
　　　　　西宁市五四西路 71 号　邮政编码： 810023　电话：（0971）6143426（总编室）
发行热线　（0971）6143516 / 6137730
网　　址　http://www.qhrmcbs.com
印　　刷　陕西龙山海天艺术印务有限公司
经　　销　新华书店
开　　本　850 mm × 1168 mm　1/32
印　　张　6
字　　数　120 千
版　　次　2020 年 10 月第 1 版　2020 年 10 月第 1 次印刷
书　　号　ISBN 978-7-225-05799-6
定　　价　28.00 元

版权所有　侵权必究

温思罗普·帕卡德

总　序

董继平

　　自然文学，也称"生态文学""环保文学"。自古以来，自然就作为人类的书写对象而频频出现在各类文本中：起伏的群山、连绵的森林、奔流的江河、辽阔的草原、静谧的湖泊、变换的季节、习性各异的动物和千姿百态的植物……由此，自然成为世界文学史上一大永恒的主题，千百年来，由自然产生的杰作不在少数，那些名篇佳什或天马行空，或流光溢彩，或细致入微，影响甚大且余音不绝，这一传统延续至今。

在中国，至少有两部世界级的自然文学名著深深地影响过国人：一部是法国博物学家、文学家法布尔（Jean-Henri Casimir Fabre,1823—1915）所著《昆虫记》，在其中，作者以锐利的眼光、细腻的笔触娓娓讲述了昆虫之美，把普通人所鲜知的昆虫世界活脱脱地展现在读者眼前；另一部是美国诗人、超验主义作家梭罗（Henry David Thoreau,1817—1862）所著《瓦尔登湖》，在其中，作者用心灵之语向世人述说他在湖畔的生活，以及一个思想者、一个孤独的隐士融入自然的精神状态。其实，优秀的外国自然文学作品远不止这两部，只不过由于我们长期的忽视，未及发现和挖掘而已。

近代自然文学的产生、发展和繁荣自有其根源，绝非偶然。从工业时代开始，人类为摆脱低下、落后的生产方式而不断追求现代化，随着这一进程不断加速，自然生态也深受其影响，不断恶化，在面对日趋严重的生态破坏的时候，人们就更加渴望回归自然的怀抱，以科学、理性的态度去善待大自然。在这种情况下，近代自然文学应运而生。

美国自然文学的缘起

在世界自然文学的发展过程中，没有哪个国家像美国，自然文学那样发达、那样繁荣，其自然文学的成就之大、场面之壮观，在全球范围内可谓一枝独秀，在区区200年的时间里人才辈出，佳作纷呈，形成了群星璀璨、层出不穷的局面，让人目不暇接。美国自然文学的问世与发展，自有其渊源。当年，与欧洲那片老大陆相比，美洲这个新大陆尚属蛮荒之地，但在 1789 年美国建国以后的那几十年里，工业飞速发展，经济建设一路突飞猛进，经济实力渐渐迎头赶上欧洲老牌工业国。

然而，正是在那几十年的飞速发展中，美国为现代化进程付出了牺牲自然环境的沉重代价，其自然资源遭到了掠夺性开发，生态环境遭到极大破坏。比如，那条 1869 年竣工通车的横跨美国大陆的铁路，一方面带活了沿线的经济，为美国的进步和发展做出了巨大贡献；另一方面却让曾经在大陆上到处漫游的野牛加速消失。这条铁路建成通车之后，大批猎人便蜂拥来到原来野兽出没的蛮荒之地，致使美洲野牛种群急剧减少。这样的情况，美国第二十六任总统西奥多·罗斯福在他的《美洲野牛的故事》一文中有过详细的描述：

"……铁路对于猎人不可或缺，为他们提供了前所未有的廉价交通工具；同时，市场对野牛皮长袍的需求也有增无减，原本数量巨大的野牛又相对容易猎杀，于是就吸引了一群群冒险者赶来狩猎，掀起了一场世所罕见的野牛大猎杀，结果在极短的时间内，这种原本众多的大型动物被消灭了，这是前所未有的——好几百万头野牛遭到了杀戮……在那场大规模杀戮开始后的 15 年内，巨大的野牛群体几乎消失殆尽。如今在美国大陆上，据说很可能只剩下 500 群野牛，而且自从 1884 年以来，已经没有一群野牛的数量超过 100 头了。"

面对自然环境的日趋恶化，一批有识之士便开始为保护自然而积极奔走、大声疾呼，而美国人民也逐渐认识到日益逼近自己生活的诸多生态问题，大约在 19 世纪 50 年代至 20 世纪 20 年代这 70 年间，美国社会兴起了一场声势浩大的自然环保运动，其影响之大、覆盖面之广、持续时间之长，均令世界瞩目。在这场运动中，一些相关人士著书立说，大力宣传自然生态环保观念，在客观上促成了自然文学的蓬勃发展。此间不仅大家辈出，而且逐渐形成了美国文坛上的"自然文学"这一特殊文体，并蓬勃发展。到了 20 世纪下半叶，环境保护运动在美国达到了鼎盛，同时也在全世界范围内不断扩展，随着这一运动的不断深化，自然文学愈加受到人们关注，并形成了一个庞大的作者群体，这些作家均以自然为写作主题和对象，着重以科学的方式来揭示和探讨人与自然的关系，号召人们走进荒野，倡导人们与自然建立亲密联系，保护大自然的完整和野性，呼吁人们以更平等、更和谐的方式来处理人类与自然之间的关系。

美国自然文学的三位先驱

尽管有些文学史家把约翰·史密斯（John Smith，1580—1631）所著的《新英格兰记》和威廉·布雷德福（William Bradford，1590—1657）的《普利茅斯开发史》认为是美国自然文学的雏形，但真正意义上的第一位先驱当属博物学家威廉·巴特拉姆（William Bartram,1739—1823）。巴特拉姆也算出生于自然文学世家，他的父亲是"美国植物学之父"——约翰·巴特拉姆，因此威廉·巴特拉姆从小便受家学的熏陶，一边在父亲的植物园中徜徉，一边倾听鸟语、享受花香。从严格意义上讲，威廉·巴特拉姆算得上美国自然文学的第一位大家，在其代表作《旅行笔记》中，他以细致而生动的笔触描述了尚处于原始状态的美国东南部的自然风景，用亲身感受讲述了那里的自然荒野之美。这部著作于 1791 年一问世，便在欧洲引发了强烈的反响，颇得好评，即便柯勒律治那样的英国浪漫主义大诗人也对其大加赞赏。更重要的是，他在《旅行笔记》中告诉我们，地球上的一切生物都绝非呆若木鸡，相反，它们都很聪明："如果你留心一下任何动物就会发现，它们的效率高得让人震惊。它们行动前会精心策划，而且富有恒心、毅力和计谋。"这样的观点，无非是想让我们尊重自然和自然中的生命。

　　当然，美国自然文学的先驱不止巴特拉姆，除他之外，还有热爱鸟类、毕生沉浸于荒野的亚历山大·威尔逊（Alexander Wilson，1766—1813）和约翰·詹姆斯·奥杜邦（John James Audubon，1785—1851）。威尔逊是自然主义者，原籍苏格兰，热爱描写和绘画鸟类，被后来的博物学家尊为"美国鸟类学之父"。他所著 9 卷描述鸟类的著作《美国鸟类学》内有彩页，比另一位先驱奥杜邦的著作要早将近 20 年。如今在北美大陆上，有多种鸟类就是以他的名字来命名的，比如威尔逊鸫和威尔逊鹬。约翰·詹姆斯·奥杜邦是美国著名画家、博物学家，原籍法国，他深入荒野研究鸟类，其绘制的鸟类图鉴被尊为"美国国宝"。他一生留下了无数画作，他的每部作品不仅是科学研究的重要资料，也是不可多得的艺术杰作。他出版了《美洲鸟类》和《美洲的四足动物》两本画谱，其中《美洲鸟类》被誉为"19世纪最伟大和最具影响力的著作"。这两位先驱的作品对后世野生动物绘画产生了深远的影响，同时也对普通公众产生了巨大的吸引力，至今仍被频频引用。

超验主义和自然文学团体的形成

真正形成团体并在一定哲学观念的影响下投身于自然的作家，则是美国文学史上那批著名的超验主义者。

超验主义（transcendentalism）兴起于19世纪30年代的美国新英格兰地区，又被称为"美国文艺复兴"，深刻地影响了后来的美国文学和哲学的发展。超验主义的核心观点：主张人能超越感觉和理性而直接认识真理，强调直觉的重要性，认为人类世界的一切都是宇宙的一个缩影——"世界将自身缩小成为一滴露水"（爱默生语）。

超验主义的领袖拉尔夫·沃尔多·爱默生（Ralph Waldo Emerson,1803—1882）在他那篇著名的《论自然》中提出了他对自然的观点，他不仅认为"自然是精神之象征"，还认为"我们从自然中学到的知识，远远超出我们能够任意交流的部分"，对后世影响甚大。不仅如此，他还认为，宇宙是大自然与人的灵魂的结合，人通过灵魂与自然和谐一致。只有接近自然、感受自然，人的灵魂才能真正体会到存在的价值。

而超验主义的另一位主将亨利·大卫·梭罗（Henry David Thoreau，1817—1862）则更是身体力行，他在爱默生的影响下深入自然，只身来到寂静的瓦尔登湖，搭建起小木屋，把自己的灵魂寄托在湖泊和山林之中。那时，他或在荒野中散步，或在树林中观察，或在湖畔沉思，悠然地体验和描写自然之美，把人与自然的关系都隐没在那些朴素的文字中。根据《美国遗产》杂志1985年的一项调查报告显示，在"十本构成美国人性格的书"中，梭罗的《瓦尔登湖》位居榜首，可见其影响之大。除了《瓦尔登湖》，梭罗还写下了许多涉及自然的散文和日记，他用淡淡的笔调娓娓倾诉自己的自然情怀，文字尽显自然之美，同时充满诗意和哲理。比如他的长篇散文《秋色》《散步》等篇什便是这方面的杰作。

爱默生和梭罗自不待言，在超验主义阵营中，还有一位中国读者几乎都不知道的女作家——玛格丽特·富勒（Sarah Margaret Fuller，1810—1850）。作为这个阵营中的女将，她在1843年的夏天摆脱了尘世的喧嚣，把自己的灵魂浸入北美五大湖区那湛蓝的水中，以优美的笔调写下了自然散文集——《湖上夏日》。

同一时期还出现了一位中国读者耳熟能详的美国自然文学作家，那就是大诗人沃尔特·惠特曼（Walt Whitman，1819—1892）。惠特曼也深受爱默生的影响（有评论家认为他也是超验主义者），他写下了不少涉及自然的诗篇和随笔。他在诗集《草叶集》中，极力赞颂自然的神奇、壮丽和伟大。他认为，大自然具有灵性，大自然的一切，包括山川、星辰和草木等都有"目的性"，它们无时不在做着"向上运动"，而且大自然中的一切都是平等的。惠特曼的散文集《典型的日子》更是体现了自然之灵，尽管这部作品以日记形式写成，但字里行间散发出泥土和青草的芳香，让作者那种静静地观察、倾听、体验自然的形象跃然纸上。

两个名叫约翰的自然文学大师

19世纪的最后20年里，美国自然文学界出现了两位大师——"两个约翰"："鸟之王国中的约翰"——约翰·巴勒斯（John Burroughs, 1837—1921）和"山之王国中的约翰"——约翰·缪尔（John Muir, 1838—1914）。"两个约翰"是美国早期环保运动的领袖，他们分别奔走于美国东部和西部，为建立和谐的自然秩序而不懈努力。

巴勒斯是博物学家、鸟类学家，生活在东部的卡茨基尔山区，擅长描述鸟类生活，各种鸟儿在他的文字中栩栩如生，被誉为"美国乡村的圣人"和"美国自然文学之父"。他以自己长期生活的哈得孙河谷和卡茨基尔山区为中心，把自己探索自然的经历和体验写成了文字，先后出版了《醒来的森林》等25部作品集，均为传世之作。其自然文学作品影响巨大，就连曾任美国总统的西奥多·罗斯福都尊敬地宣称自己是"读着巴勒斯的书长大的"。

缪尔则是地质学家，也是一个永远在路上的行走者，这位"美国国家公园之父"以考察、研究和描写美国西部山区的风物见长，山峦与森林在他的笔下熠熠生辉。经过他的奔走呼吁，美国西部一些原本计划开发的美丽山林得以保存下来，比如约塞米蒂山谷，就是在他的大力呼吁之下，才没有遭到过度开发的破坏，后来还辟为国家公园。

"两个约翰"著述众多，成就巨大，对美国乃至世界的生态环保思想产生了深远的影响，成为美国文化的重要遗产。

世纪之交的作家和作品

从 19 世纪末到 20 世纪初，美国自然文学达到了一个前所未有的巅峰：除了"两个约翰"，还涌现出了一大批杰出的自然文学家。尽管其职业各不相同，但他们都有一个共同的爱好，那就是热爱大自然。

女作家玛丽·奥斯汀（Mary Austin,1868—1934）则独辟蹊径，她避开自然文学中通常描写的山水，而是深入美国西南部沙漠，研究印第安人的生活方式，以女性细腻的笔触向人们展示了荒漠之美与灵性。其代表作为《少雨的土地》。

19 世纪至 20 世纪之交是美国自然文学的一个高峰，许多作家和博物学家纷纷投身于自然文学创作，就连西奥多·罗斯福（Theodore Roosevelt,1858—1919）——老罗斯福总统那样的政治家也客串了一把作家，推出了好几部具有影响力的著作。罗斯福是第一位对环境保护有着长远考量的美国总统，他在执政的 7 年间，采取了一些有利于国家经济建设和资源保护的措施。首先，他将 7800 公顷土地转为国有，从而为后人保存了大量的森林、公园、矿藏和水力等自然资源。其次，在 1904 年 3 月 14 日，他在佛罗里达州设立了第一个国家鸟类保护区，成为野生动物保护系统的雏形。再次，1905 年，他敦促美国国会批准成立美国林业服务局，管理国有森林和土地。最后，在他当政期间

（1901—1908），美国设立的国家公园和自然保护区的面积共约78.5万平方公里，超过了所有前任总统设立之总和，其中著名的有大峡谷国家公园等。

埃诺斯·米尔斯（Enos Abijah Mills,1870—1922）——"落基山国家公园之父"，他在落基山中生活了20余年，充当自然导游，长期跟野生动物打交道，写下了10多部自然文学著作。他还前往美国各州发表演讲、举办讲座，号召人们保护自然生态和野生动物，不遗余力地促进美国政府建立落基山国家公园。正是在他的力促之下，落基山国家公园才在1915年得以开张迎客。米尔斯在书中娓娓道来，讲述自己与野生动物亲密接触的经历，读来让人倍感亲切。同时，他的作品融合了科普信息、田野观察和个人逸事，为读者提供了一种与众不同、别开生面的自然指南。

小塞缪尔·斯科维尔（Samuel Scoville Jr.，1872—1950），美国博物学家、自然文学家，自幼热爱自然。尽管他的本职是律师，但他在博物学领域取得了不小的成就。他以青少年为主要读者，写下了多部自然文学著作。

20世纪中期的作家和作品

20世纪上半叶，美国的自然文学似乎有些沉沦，这是因为两次世界大战的战火让人们的关注点转向了社会问题，无暇顾及自然生态，因而此间自然文学大作相对不多。然而到了"二战"之后的20世纪中期，美国又出现了两位极有影响的自然文学作家：奥尔多·利奥波德（Aldo Leopold,1887—1948）与蕾切尔·卡逊（Rachel Carson,1907—1964）。其实，奥尔多·利奥波德和蕾切尔·卡逊并不是专业作家，其职业也与文学创作无关，但由于当时的生态问题日益严重，他们的生态良心迫使其动笔写书，担当起向公众宣传环保的职责。时至今日，他们的著作在全球范围内依然具有极大的影响力。

奥尔多·利奥波德本来是林业学家、生态学家，长期致力于土地研究，也是美国享有国际声望的科学家和环境保护主义者，被称为"美国新保护活动的先知""美国新环境理论的创始人"。他的代表作《沙乡年鉴》于1949年出版，这部著作文笔优美，富于诗意，完整地传达出作者的土地伦理观，引起各方的重视，成为美国自然文学史的一个里程碑。

蕾切尔·卡逊是海洋生物学家，她在1935—1952年供职于美国鱼类及野生生物调查所，这就使得她有机会接触到诸多环境问题，从而引发深层次的思考。她出版过若干著作，其中在1962年出版的《寂静的春天》引发了美国乃至全世界新一轮的环保运动。《寂静的春天》一书，以通俗的语言、生动的案例向公众揭示了盲目的经济发展给生态环境带来的恶果，对半个多世纪以来美国人的自然生态观念产生了巨大的影响。

20世纪下半叶以来的作家和作品

从20世纪六七十年代至今，美国的环保运动已沉淀为一种观念，自然文学也随之不断深入、扩展，呈现出百花齐放的繁荣局面，其间景象纷纭，作家众多，作品不断且各具特色：爱德华·艾比（Edward Abbey,1927—1989）的《大漠孤行》(*Desert Solitaire*)、玛洛·摩根（Marlo Morgan,1937—）的《旷野的声音》(*Mutant Message Down Under*)、约翰·海恩斯（John Haines,1924—2011）的《星·雪·火》(*The Stars,the Snow,the Fire:Twenty—five Years in the Northern Wilderness*)、巴里·洛佩斯（Barry Lopez,1945—）的《北极梦》(*Arctic Dreams*)、杰克·贝克隆德（Jack Becklund）的《与熊共度的夏天》(*Summers with the Bears*)……

爱德华·艾比是美国著名的生态文学作家，对环境运动影响极大，极具争议性。他生活在美国西南部，著书立说，抨击人类肆意破坏自然生态的行为，尤其是"唯发展论"。《大漠孤行》是艾比在做国家公园管理员时的工作记录，其中包含了他对沙漠景色和个人生活的诗意描写，展现了沙漠的魅力。同时，他犀利而又饱含感情地指出开发对公园的破坏，使人重新审视人类与自然、发展与自然之间的关系。

约翰·海恩斯是著名诗人、"阿拉斯加桂冠诗人"，他在阿拉斯加建有牧场，"二战"退役后在那里隐居了40余年，著有诗文集多种，其中最出名的当属自然随笔《星·雪·火》。几十年间，他与星、雪、火为伴，与野生动物为伴，历经25年写成这部荒野手记，因此它既是雪地的"荒野生活指南"，也是北地生活指南。

巴里·洛佩斯是著名的自然文学家和小说家，作品多涉自然。自然文学作品主要有虚构（代表作有《荒野笔记》）和非虚构（代表作有

《北极梦》）两大类。《北极梦》以饱含感情、充满诗意的文字，讲述了作者游历北极的见闻与联想——人与动物的故事、北极的历史、深刻的人生哲理……作者试图告诉读者如何做人，如何与大自然亲密相处，如何明智地生活在大地上。

自然文学的特色

非虚构与虚构：叙事和抒情为自然文学的两大写作手法。在自然文学作品中，或以叙事为主，或以抒情为主，或两者并重，从而形成了自然文学中非虚构和虚构两大类。非虚构作品大多以散文随笔写成，其中有抒情，也有叙事，语言流畅、精彩，适合大众阅读。这类作品几乎都是作者的亲身经历，可读性和故事性极强，同时又融文学性和科普性、知识性和趣味性为一体，这也是它长盛不衰的原因之一。虚构性作品是指作者在尊重自然规律、纪实性描述的基础上，加入了一些虚构成分，创作出以动物为主题的自然故事，其情节引人入胜，文字叙述流畅，寓意发人深思。在其中，作者以客观的态度、生动的语言向读者不动声色地阐明人与自然的关系，教导人们要尊重自然、保护生态，颇有教育意义。美国著名作家杰克·伦敦的《荒野的呼唤》，就是这类虚构性自然文学的代表作。

作家构成：自然文学有一个引人注目的特点，那就是作者来自各个不同的领域，他们或许并非专业作家，而大多是博物学家、环保主义者、科学家，甚至还有政治家……比如，梭罗是诗人、散文家，巴勒斯是鸟类学家，缪尔是地质学家，罗斯福是政治家，米尔斯是自然向导，小斯科维尔是律师，利奥波德是林业学家，卡逊是海洋生物学家，艾比是国家公园管理员……

强烈的地域性：自然文学多半具有强烈的地域色彩，即作家长期深入某一地域，对当地的山川、谷地、森林、动植物等生态环境进行细致入微的考察和研究，最后有感而发，形成作品。其中，美国东部的新英格兰地区尤其是马萨诸塞州，堪称"自然文学的策源地"，先后涌现出大批作家和作品。每一位作家都会有自己特定的考察、写作地域或地点，比如梭罗的马萨诸塞州瓦尔登湖、科德角等，巴勒斯的纽约州卡茨基尔山区和哈德孙河谷，缪尔的加利福尼亚州约塞米蒂山谷，米尔斯的科罗拉多州落基山区，艾比的亚利桑那州荒漠，海因斯的阿拉斯加州荒野……他们写下的文字绝非道听途说的作品，均为可读性和故事性极强的散文，或者在尊重自然规律的基础上进行一定虚构的小说，融文学性和科普性、知识性和趣味性为一体，深得读者喜爱。

自然文学在中国

近十余年来，随着国人对自然的认识渐渐提高，自然环保概念在中国得到一定的深化，也出现了一些所谓的"自然文学"。但在我看来，目前这样的"自然文学"不过是一种噱头。

首先，国内很多地方的自然生态早已遭到了难以复原的破坏，即便要修复，至少也得几十上百年的时间，因此缺乏真正完整的生态链——虽然有森林，但林中已没有大型动物——人类毫不留情地占据了野生动物的生存空间，因此，真正意义上的"自然环境"仅存于少数极其偏远的地区，一般人难以抵达。

其次，作家创作缺乏自发性和自觉性，也缺乏生态良知。许多作家即便创作了一些关于自然的文本，也往往是应景之作，并非自发而为之，而且他们还缺乏对自然深层次的体验，因此，这样的作品虽涉及自然，却也仅仅是触及皮毛之作。这一点也恰好反映了目前国内普遍存在的一个认识误区，即很多人认为，凡是涉及自然的文学作品便是"自然文学"。

一般作家往往缺乏深入山林甚至独居山林的勇气和耐心，不会像梭罗那样把身心沉浸在静谧的湖水中，或在山林间漫步，长时间观察一棵树、一片叶子在秋天如何变黄或变红，或在田野上品尝野果，接受造物主对人类的馈赠；更不可能像美国"落基山公园之父"埃诺斯·米尔斯那样，在长达20年的岁月里，数百次往来于山林间，或在山间小木屋观察生活在屋檐下的那窝小蓝鸲，或在林间溪畔追踪转移巢穴的丛林狼，或在群山深处拯救遭遇不幸的幼熊……

在国外，自然文学远比中国要走得早，也走得远，自然及自然文学类作品为数众多，国内虽有一些介绍，但其深度和广度均不够，仅就美国自然文学而言，目前已经介绍到中国的作品也不过是极少一部分。这套《自然物语丛书》的宗旨就是填补这一空白，计划收入那些在中国未曾出版或以前出版过但译文不佳、颇具收藏价值的外国自然文学（以自然文学大国美国为重点）作品，突出作品的原创性、故事性、科普性和可读性。这样的作品既是文笔优美的文学作品，也是趣味性极强的科普读物，对于加深中国读者对自然的认识肯定会有莫大的帮助。目前，国民对自然方兴未艾，绿色环保和认识自然也作为常识而进入了大、中、小学课堂，不过多数国民对自然的认识还停留在初级阶段，或者不得要领，存在着很大的局限性和片面性，因此，阅读自然文学作品就成为帮助其重新认识自然最主要、最有效的方式之一。而《自然物语丛书》恰好能满足广大国民在这方面的需求，能帮助他们加深对动物、植物、季节及山川风物等自然细节的认识。出版《自然物语丛书》的主要目的，借用美国自然文学家巴勒斯的一句话，就是"我的书不是把读者引向我本人，而是把他们送往自然"。更重要的是，由于《自然物语丛书》行文流畅、内容有趣，融故事性和科普性于一体，因此适合男女老少各阶层读者赏读。

我相信，在经济飞速发展、生态问题不断恶化之后又得到逐渐重视和解决的中国，在当今"美丽中国"和"绿水青山就是金山银山"等鲜明的生态思想的指导下，优秀自然文学读物对于协调人与自然的关系具有非常积极的意义。

译　序

董继平

　　一直以来，美国东部的马萨诸塞州都是人文底蕴厚重之地。早在19世纪上半叶，这里就诞生过以爱默生、梭罗等人为首的"超验主义"作家群，这些作家相当重视人与自然的关系，强调直觉的重要性，认为人类世界都是宇宙的缩影——爱默生甚至说："世界将自身缩小为一滴露水"，因此他们持续不断的文学探索活动被后人誉为"美国的文艺复兴"。可以说，以他们为起点，倡导人们深入自然、探索自然和体验自然的传统就延续了下来。到了 20 世纪初，马萨诸塞州更是成为了自然主义者和博物学家的大本营，以自然为抒写对象的作家众多，作品迭出，其行文风格也各显不同，或叙事或抒情，或粗犷或细腻，或天马行空，或娓娓道来……而在其中，温思罗普·帕卡德就是一个不应该被忽视的人物。

温思罗普·帕卡德（Winthrop Packard，1862—1943），美国自然文学家、博物学家、环境保护主义者。他生于波士顿，1881—1883 年在麻省理工学院攻读化学，但后来转向文学创作，为多家报刊撰稿，逐渐成名。在 1898 年美国—西班牙战争期间，他曾短暂加入美国海军服役。此后，他成了环保主义者，并广泛游历，同时为一些报刊撰稿，写作涉及自然的文章。1900 年，他成为波士顿、纽约、圣保罗等城市几家报纸的签约记者，并担任了当时重要的家庭杂志《青年伴侣》的编辑。此后不久，他便搭乘破冰船"科尔文号"前往阿拉斯加，深入北极地区游历、考察，回来之后，他将这段经历写成了一部虚构作品《年轻的冰上捕鲸者》（1903），并获得成功。

在帕卡德生活的那个年代，美国的环境保护运动风起云涌，他也置身其中，成为马萨诸塞奥杜邦环保运动早期发展史上的重要人物之一。从那时起，他所在的马萨诸塞奥杜邦协会不断发展壮大，如今已成为美国新英格兰地区最大和最著名的环保组织。当时，他不仅担任该协会的秘书和财会，还出资帮助建立了麋鹿山鸟类保护区。同时，他以马萨诸塞为中心，以新英格兰地区为主要活动范围，深入这一地区的自然荒野进行田野调查，探索并体验那里的原生态环境，仔细观察动植物,从而创作出了诸多自然随笔集,包括《佛罗里达小径》(1909)、《荒野牧草地》(1909)《野林之路》(1909)《林间漫游记》(1910)、《林地小道》(1910)《一个博物学家的文学朝圣之旅》(1911)《白山小径》(1917)、《老普利茅斯小径》(1920)等,其中尤以《荒野牧草地》《野林之路》《林间漫游记》《林地小道》组成的《四季物候志》最为著名。

《四季物候志》是帕卡德的自然文学经典作品。在这4部作品中,他以春、夏、秋、冬的物候现象为主题,以深入的探访、细致的观察、深邃而辽阔的沉思和联想、优美的文笔为载体,记录了20世纪初马萨诸塞及周边地区多种动物和植物在不同季节的不同呈现和转变,全面展现了当时当地的自然风物。

《林间漫游记》是帕卡德所著《四季物候志》中的"秋之书",由10篇自然随笔组成。作者在其中以种种秋季物候现象为线索,描述了大自然在秋季显现出来的自然风貌,同时也体现了作者对自然的博大情怀,为读者传达了一种"热爱自然"的崇高精神。在本书中,他对秋天的景物进行了如此细致入微的观察和记录,把秋天变化的整个进程描绘得淋漓尽致:

9月1日,西风吹起,秋天的果实开始成熟。美洲商陆的浆果呈现紫黑色,味道醇厚而特别;蔓虎刺的藤蔓覆盖林中的地面,呈现柔和的紫红色,大老远就会引起鸟兽的注意;黄花七筋姑的蓝色大浆果,时常被某种小动物咬掉了一小口;二叶鹿药可爱的微小浆果,红色而多汁;延龄草的果实发出微弱的光亮,仿佛是仙子的蜡烛……

在缅因州北部，那条巴顿路曾经车来人往，繁忙无比，如今已渐渐衰落。逃脱了被砍伐命运的云杉和枞树高耸而起，不断蔓延，渐渐抹去人类留下的痕迹。云杉鹧鸪以云杉嫩梢为食，毫不怕人；树林中，随时可见步履轻快的鹿留下的足迹；在杜松和侧柏中间，金翅啄木鸟正在大群聚集，准备在秋天迁往南方……

随着歌唱的东北风一路沿着海岸抵达，秋天的候鸟也来到了湖岸和草甸沼泽。此时，黄脚鹬从北极海岸南下，发出充满孤独和悲叹的风的哨音；斑腹矶鹬貌似彬彬有礼的鞠躬，其实是对靠近者的轻蔑；环颈鸻或笛鸻在沙滩上奔跑、觅食；斑嘴巨䴙䴘潜水技巧娴熟，屡屡逃脱猎人的追杀；卡罗来纳秧鸡是胆怯的化身，在最隐蔽的草秆丛中穿行……

9月初，红松鼠在栗树上来来往往，收获果实。尽管那些刺果长满了绿色棘刺，但它们还是不遗余力地采摘。10月，成熟的栗子张开了，松鼠们便将其大量贮存在树洞里、埋在地面下，以备不时之需。敲打栗子时，不时会惊扰沉睡的蝙蝠、蚕蛾幼虫……牧草地上，一只身材硕大的灰松鼠收获坠落的山胡桃果实，还跟人捉迷藏，最后从树端飞身跃起……

秋色中，森林的叶簇仿佛着了火一般燃烧起来。沼泽中的红花槭率先获得色彩，叶片也率先飘落，暗示着放荡与挥霍；桦树像传教士，举行赞美仪式；白枫、挪威槭则又各不相同。栗树依然显得翠绿，最后留下茶褐色；白桦和黑桦并肩而生，但白桦似乎始终闪烁着阳光慷慨大方的盛情，而相比之下，黑桦则似乎性情乖僻……

在夏天归来的日子里，山丘柔软地起伏，众鸟唱起咿呀之歌，蜡杨梅的浆果把牧草地的某些区域点染成一片蓝色，雪松的浆果也获得了好收成。此时，一些蝴蝶翩翩而来，或觅食，或晒太阳，而帝王蝶开始成群结队地南迁。沼泽中，金缕梅的坚果成熟了，香气四溢；高地的牧草地则散发出某种独特的芳香，那是油松的气味……

秋天，树叶开始飘落，从枝头飘向它们泥土中的家。地面上，风吹得落叶沙沙作响，仿佛是在演奏死亡进行曲。在这里，只有本土乔木和灌木才会呈现出秋色的绚烂。落叶飘向其长眠之处，霜降之后，它们会被深深地冻结起来，滋养来年的新叶。而此时，寒意渐渐加深，鸟儿们不再歌唱，红松鼠嘶哑，躲进舒适、御寒的巢穴，准备过冬……

11月是大自然盘点自己产物的月份。她的收获或丰富或稀缺。这一年，丰富的栗子、山胡桃和榛子让松鼠露出了笑容。如果天气良好，鹧鸪和丘鹬的孵化就相对容易，幼雏成熟的数量就会增加。叶片的飘零和成熟果实的坠落，显示出对来年的叶簇和花朵的希望——伞房花越橘、黑越橘、桦树、杜鹃花、松树苗，无不展现出未来的诺言……

在这样一个11月的早晨，发现的鸟巢比夏天更多。在植物簇拥的小岛上，飘零、枯萎的叶片将各种鸟类的弃巢完全暴露出来：简单的黑鹂巢穴，难度更大的猫鹊巢穴，小檗果丛中的黄林莺之巢，不仅配色方案呈现出美感，而且其中一个还颇为独特：为了不让牛鹂的阴谋得逞，远去的主人把巢穴构筑得比通常要高，用植物绒毛和纤维来埋掉被偷偷放进来的牛鹂蛋……

大自然中，乌鸦会掠夺一些小鸟的巢穴，杀戮其幼雏，因此，它们时常会遭到小鸟们群起而攻之，而它们也会耷拉着脑袋匆匆逃逸。一只失明的老乌鸦虚弱不堪，却生活了很久——它的同伴给它喂食。它后来被人收养，却不料屡屡遭到对其恨之入骨的王霸鹟的攻击。一对被人收养的乌鸦幼雏，胃口奇大，翅膀长得有劲之后，时常飞出去惹是生非……

虽然温思罗普·帕卡德的作品形成了体系，且在美国自然文学发展史上拥有一席之地，但中国读者似乎对他还闻所未闻。因此，这一书系就成了其作品在中国的首译。我相信，这些渗透了作者对大自然深厚情感的文字，这些非虚构的真实经历，这些令人向往的田野调查，对于构建当今的"美丽中国"具有十分重要的借鉴意义，不仅能让国人了解到大自然中诸多鲜为人知或不为人知的细节，更能唤醒人们的生态良知，提高其保护自然的意识。

2019 年 3 月于重庆云满庭

林间漫游记

Contents

第 1 章　林中仙果记

Fairy Fruit

蔓虎刺是所有浆果中最可食者，其滋味如此美好，令人愉快，以至于它并不适合大多数凡人粗鄙的味觉。在林中的一些地方，它们的藤蔓犹如地毯覆盖着地面，这种浆果呈现出柔和的紫红色，大老远就会引起鸟兽的注意。

今天是 9 月 1 日，西风不断吹来，扫掠松林的顶冠，开始一年一度的秋天大扫除。整个早晨，那些小小的褐色鳞片都紧紧地依偎在每一根生长的松针底部，将其保护于仲夏的太阳柔光之下。而如今，它们在极度欢乐地高飞、旋转，不断闪烁着褐色，在下面那庄严的避难之所。

在那些遮蔽的粗枝下面，是冬天最初的预言，在这里，仲夏的温暖依然逗留不去。此时，山雀（chickadee）在进行上午的巡游，在这附近，它们以一种轻快活泼的方式喋喋不休地责骂，它们所采取的方式与风扫掠的那种轻快活泼很合拍。在南风的倦怠中，山雀常常唱起这样一首懒散的短歌："睡觉吧，睡觉吧！"这是一首和谐的小曲，在这样的音乐中，你真想展开四肢，躺在那褐色的地毯上，枕着那长满青苔的土堆，让飘荡的松香气味诱惑你沉沉入睡，进入梦乡。我始终感觉鸟儿就闭着一只眼在喃喃低语，它深陷于睡梦中，有着从栖木上掉落下来的危险。

今天我没有听到那首歌。在它那"奇客—奇卡奇客，奇—卡—奇卡迪、迪、迪"的声音里面，有一种突然响起的噼啪声，那就像是鞭子抽打的声音。然而，这群鸟儿很快就继续前进，在小树丛那梦幻般的温暖中，你几乎不能感知风中生动的触摸。唯有足够的风穿过树丛，让褐色的松树的小小的微粒飘落之际快乐地旋转，在它们触及下面褐色的地毯时，像迅速飞过的精灵一样从视线中消失不见。

这个早晨，在树林中，还存在着其他精灵般的变形——一种与出现和消失相关的变形。其实，那种变形来自一只不断消失在一棵大型油松（pitch pine）树干之中的蛱蝶（Pyrameis atalanta）。这种蝴蝶即红纹丽蛱蝶（red admiral），是人们熟悉的小苎麻赤蛱蝶（Pyrameis carduii, painted lady）的表亲，其动作活泼得如同这些大扫除日子里的西风。它的翅膀上端呈现出浓郁的红色、白色和黑色，但是，当这些色彩被封闭起来，它们就仅在翅膀下端暴露出来，从而使得这种生物很像是一小块粗糙的油松树皮，以至于当它歇落到树干表面，那种隐蔽就完美了。忽而，它会从那种隐蔽中一跃而起，一道栩栩如生的红色和白色的闪光便开始飞奔起来，在你的眼前敏捷地翻转，然后它就飞往那似乎张开胸怀让它进入的松树，就这样，它完完全全地把自己亮丽的色彩变形为一小块褐色树皮。

我越是注意林间空地、洒着阳光斑点的深处和那些栖息在里面的生物，我就越是不喜欢微笑——对那古老的仙女、鬼怪和妖精的世界露出微笑。他们为什么不会相信这样的事情呢？有时候，我们对于原野上和树林中这样的居民深信不疑，这样的信念会持续下去，确实很难放弃。

这个早晨，在我前往那个小树丛的路上，我似乎遇见了多得不同寻常的花白旱獭（woodchuck），尽管你几乎不会把这样的经历称为"相遇"，因为我们的路径从不曾交叉，但我确实频频遇见它们。但是，在那一大片长满牧草的原野上的 3 个区域中，一只花白旱獭从隐匿之处上下摆动，一跃而出。无疑，它正在咀嚼农夫割刈之后再生的苜蓿（clover），但在那只花白旱獭消失之后，我却只看见被割刈得参差不齐的牧草。每一次，我第一眼看到那种动物，都是在它以直线滚过原野的时候。我之所以会说花白旱獭在"滚"，是因为在一年之中的这个时候，它们的身子都非常肥胖，以至于看起来它们似乎根本就不是在奔跑，而是在草丛上波涛般起伏着，就像海浪在浅水处滚动一般。

尽管我非常清楚即将会发生什么，但我从来就禁不住要去追逐它们。实际上，我并没期待能逮住一只花白旱獭，因为尽管它们很肥胖，却以惊人的速度移动。即便是我碰巧走过那洞前的土堆，它跑进洞去，从而知道它的洞穴在哪里，我也无法靠近我的猎物。我始终认为，花白旱獭肥胖的肩膀会在它发出笑声的时候轻轻摇动，它那小小的眼睛不断眨着，因为那就是它所期待并为之准备的事情。它继续以一条直线不断前进，然后"嘶"的一声就消失不见了。你并没看见它潜入地下，也没看见它隐藏，但它的的确确就这样消失于视线之外。你在草丛中到处搜寻，久久地寻找之后，才会发现它返回洞穴的那个秘密入口。有时候，花白旱獭拥有两个入口，是从内向外挖掘而成的，洞口没有留下一点泄密的泥土痕迹，因此其位置从来不会暴露。原来，花白旱獭为此付出了无限的努力，它将所有的泥土都从这里搬运到地下，再从另一个洞口搬到地面上，留在那公开的洞前，让所有人都能看见，而那个秘密的入口却隐藏得极好。花白旱獭是大腹便便的侏儒土地神（gnome）真实的标志和起源，据说它守护着被埋藏在地下的宝藏，会上下摆动着钻出地面，吓得霍布[1]（Hob）不敢故意挖掘，然后，它又上下摆动着钻进地下，去守护那些金子。

因此，今天你不得不带着探寻的目光和创新的思维进入松林，所有祈求被纳入信仰的美丽而古老的迷信，都会蜂拥出现，让你处于最愉快的状态。那伟大而善良的华兹华斯[2]（Wordsworth）有充分的理由说，正如我们当中只有极少数人熟悉开阔的荒野和矮林丛生的小溪谷，这样的人才有特权去认识它们，并且由于我们当中没人能写到它们，所以就要努力地写它们：

伟大的上帝！我宁可成为

---

[1] 民间传说中喜欢捉弄人的精灵。
[2] 19 世纪英国浪漫主义诗人（1770—1850），于 1843 年成为"桂冠诗人"。

被哺乳在陈旧信条中的异教徒，

因此，我站在这片舒适的草地上，

才可能瞥见，那会减少我的被弃感；

看见普罗透斯①从大海中升起来，

或者听见古老的特里同②吹响回旋的号角。

在这里的松树丛中，有无数的空气精灵组成了马术学校——那些脆弱的仙子身材苗条，呈现出优美、灵动之态，在吹过的微风上面飘浮。它们的发射台就是梁子菜（Erechthites hieracifolium）——粗糙而朴实的火生草（fireweed）花朵那平顶形的花托。整个夏天，这种植物都伫立在树林开阔的空间里，用高高的梗茎承受着花朵的重量，而那花朵外形独特，看起来就像是绿色药剂师的研杵，既没有诱人的花瓣和萼片之美，也没有那种能够召唤漫游的蜜蜂前来采蜜的芳香。确实，这些傲慢的花朵似乎就像过于乖戾而无法绽放的花蕾。现在情况不同了，那守护苞叶的绿色镣铐向下弯曲，如今，你看见这种并不会引人注意的花卉——它把空气精灵的伴侣紧紧地贴靠在它那朴实的心中。

它们洁白、纤细而又柔软，亭亭玉立，直到适当的风一路吹过来，

---

①普罗透斯（Proteus）是希腊神话中能任意改变自己外形的海神。

②特里同（Triton）是希腊神话中的一个海神，波塞冬和安菲特里特的儿子，具有人头、人身和鱼尾。

然后它们就勇敢地跃向风露出的无形的肩头，被风携带到它们所想去的任何地方。这些非常轻盈的仙子可不是人间凡物，它们洁白得如此透明，以至于你可以在它们飘浮而过并且在看太阳之际看穿它们的身体。在它们经过之际，如果风让它们愉悦起来，从而触及你的手或者面颊，那么你就会有一种缥缈感，而这种缥缈感往往诞生于思想而非触摸，因为它如此轻盈，触及你的时候，你几乎没有任何感觉。

柳兰（Epilobium angustifolium）有时又被称作"柳草"，这种植物是另一种火生草，就像菊芹（Erechthites）很朴实一样，它的外形很美。整个夏天，它就这样生长在树林中的荒芜之处，招摇着它那过分艳丽的粉紫色花朵。当9月驯服了它那繁茂的状态，它也像柳叶菜（Epilobium）一样，依然显得更美，一如那些呈漩涡状依附在梗茎上的白色空气精灵的居所，然而会给你留下差异的标记。那些被这种顽强而朴实的火生草所养育的空气精灵，庄严、端正而又威严地伫立着，挺直而整洁地伫立着，进行密切的交流。那些诞生于招摇的柳叶菜的空气精灵，具有优雅、艳丽的外表，就那样放任地依附于它，呈现出诸如山林仙女在追求森林之神时可能采取的姿态。这两者同样美丽，第一种就像整洁的新英格兰女教师，身披着透明的长袍演出希腊戏剧；第二种像艺术家面前的女模特，在艺术家叫她们摆弄好姿势之前，在林地上欢乐地嬉戏。

在我探寻的树林中，跟这两种火生草生长在一起的是另一种植物，即美洲商陆（pokeweed）——一种活力旺盛得十分奇妙的美丽植物。它那有紫黑色的浆果紧靠在一起的总状花序刚刚成熟，其色彩和长椭圆形的叶片的绿色和梗茎的紫红色大相径庭，因而形成了如此生动、鲜明的对比。它真的是高贵的植物，活力如此强大，以至于它那紫黑色的浆果预示着"危险"，即冲破果皮、溢洒着浓郁的深红色生命之血。而要是你凑近仔细观察那些浆果，你就会发现，那些仙子越过顶部而将其整齐地缝缀起来，以防果皮破裂。那种缝缀的针留下的痕迹显现出来，那种线的拉扯所形成的细小褶纹，则显得十分紧密。

这种表现多么独具匠心，以至于我怀疑那些成为鞋匠的鞋精灵（leprachaun）被召唤来干这样的事情——鞋精灵被召唤而来，无疑是因为它们拥有可以制作的手艺，制作和修理仙子们的鞋。无疑，这些褐色之物是温顺的仙子，会看守和保存在季节里的林地果实，它们专注于此，唯恐保存失败。商陆浆果看起来如此醇厚、甘美，以至于我禁不住去品尝了它们，但我不能说自己就喜欢那种滋味——它确实很醇厚，又很特别。但接着，我就想起了我最初的橄榄，今天，它们品尝起来，味道丝毫不像橄榄那么糟糕，与女生们贪婪地享用的那种盐腌小柠檬（pickled lime）相比，它们堪称集甘露与珍馐于一体。

其实，美丽的浆果刚刚才盛开在整个松林的下面，对于这些浆果，我们和鸟儿似乎都不曾品尝过。这里有越橘类的蔓虎刺（partridge berry），顺便说一句，尽管它得名为"蔓虎刺"，我却从来不曾见过鹧鸪（partridge）去吃这种浆果，我也不曾在鹧鸪的嗉囊中发现过它们——如此说来，我因为需要研究标本而射杀鹧鸪，也显得够卑鄙的了。然而在我看来，尽管这些浆果的甜味很淡，但它们是所有浆果中最可食者，其品尝起来滋味如此美好，令人愉快，以至于它们并不适合大多数凡人粗鄙的味觉。在林中的一些地方，它们的藤蔓犹如地毯铺展开来，覆盖着地面，这种浆果呈现出柔和的紫红色，大老远就会引起鸟兽的注意。整个冬天，它们都保持成熟，完好无瑕，当光秃的地面依然显得呆滞、充满睡意，而且在等待春天复活的号角之际，你看得见它们的红色在常青植物的叶片中间柔和地闪耀。它们不曾被狼吞虎咽殆尽，因而树林中更大的走兽或鸟儿并不在乎它们，但到了春天，你常常会发现它们的一侧被咬掉了一小口。只有小巧玲珑的刺猬（urchin）才会这样做，它们太年幼，无法安全地享用果实，而且它们的母亲禁止它们乱吃东西，然而在母亲阻止它们之前，它们往往会偷偷溜出来咬上一口。

同样显得与众不同的和对于人类的味觉显得清淡的，还有黄花七筋姑（Clintonia borealis）结出的那些蓝色大浆果，在附近这一带的松林中，也有这种浆果，不过它们很稀疏，大小如同你的指头，呈现出一种奇妙而清晰的普鲁士蓝的色调。6月之际，要是你认识在松树下面生长、常见的欧洲杓兰（lady's slipper, moccasin-flowered orchid）的叶片，仅仅想到那叶片，你就会毫不犹豫地称之为"欧洲杓兰"，在那里，正如有时会发生的那样，一根梗茎上仅仅生长着一枚浆果。然而，要是你进一步观察，你的这种错误的认识肯定就不会持续多久，因为你会发现这样的事实：很多根梗茎上面生长着数枚浆果，反之，杓兰（Cypripedium acaule）那单一的花朵只留下一枚浆果。在一年之中的这个时候，欧洲杓兰的果实是干燥的褐色荚果，它的所有干燥的小种子很久以前就从其中掉落了出来，确实，你只是在偶尔的漫步中，才会发现那荚果还存留着，而且保留了如此之久。

尽管我从未见过鸟儿吃掉七筋姑（Clintonia）那美丽的果实，尽管我只知道鸟儿会吃它们，我也这样认为，对于那些喜爱野生黑莓（blackberry）、悬钩子（raspberry）和樱桃（cherry）的动物来说，这种果实的味道实在是太清淡了。然而，就像在蔓虎刺的案例中，我常常看见这种果实挂在梗茎上的时候，被什么动物咬掉了一小口。这一口留下的痕迹比留在蔓虎刺上面的痕迹要大，因此，即便是我认为那些小巧玲珑的刺猬能够爬上这些高高的、滑溜的梗茎，我也知道那并不是它们干的。我始终觉得，你非常熟悉的麦布女王①（Queen Mab）本人就是仙女接生员，也是女王，在黄昏或早晨从担当母亲职责的服务工作中迅速飞回家，中途停留在七筋姑的梗茎上尝一点鲜。我甚至还认为，我能在那些被咬过的浆果中看见微小的珍珠——她的牙齿留下的印痕。

二叶鹿药（Smilacina bifolia）那每一朵星星般的花，与蔓虎刺（Mitchella）竞争着生长，覆盖了松林地面，留下一种如同针头醋栗（pinhead currant）那般可爱的微小浆果。如今，这种浆

---

① 19世纪英国浪漫主义诗人雪莱的长诗《麦布女王》中的主人公。

果一小群一小群地簇拥在那枯萎的梗茎顶端。我听人将它们称为"仙子醋栗"，我认为这个名字取得很好，因为它们确实就像醋栗一样，呈现出红色，而且多汁，品尝起来也颇有相似之处，虽然就像所有这些果实一样，它的滋味要清淡一些，却也不失美好。这种浆果在成熟之前比成熟之后更可爱，因为它们在尚未成熟的时候，就微微呈现出一种灰绿色，然后，随着它们的成熟，一个个红色的斑点就透过这种灰绿色透露出来，使得它们呈现出最美的灰色。

我完全清楚的一件事就是，仙子们会把这些浆果制成果酱，然后贮存在野樱桃（wild-cherry）核的瓮中，这种瓮是那个石匠——林鼠（wood mouse）为其制作的。在这个时候，林鼠们正忙忙碌碌地来来往往，到处采集野樱桃核，在每一枚野樱桃核上，它们都会钻出一个圆圆的小孔，取出里面的果仁，然后将果核贮存到仓库中，待售给仙子。我常常发现这些仓库盛满了果核，不过从未幸运地在瓮中发现仙子们贮存的食物——那种带着果酱的食物。

我常常想知道仙子们对低垂的延龄草（trillium）的果实有什么想法，如今你跟其他人一起在林中发现了它们。我认为，那些人带着惊奇和诧异目光将它看作奇迹，正如我们在此时对乡村博览会上展出的巨型南瓜感到惊奇，但其实它是自然生长而成的。有时候，这种果实的直径几乎有 2.5 厘米，外形微圆，上面有 6 个角或 6 条凹槽，颜色为非常鲜明而生动的深红色。

对于仙子，这种果实的生长肯定是独特的，就像可可豆生长在棕榈树上一样，因为延龄草那挺立的梗茎，仅仅在顶端才展开它那棕榈叶般的叶片，高约 30 厘米。我想象，在这些浆果极度欢乐地坠落之际，仙子们就会前来进行采集，将其贮存起来，以便在冬天制成仙子南瓜饼。在秋天，在夜间的林地小道沿途，我常常在自己正要停下脚步之处，看见一点点微弱的光亮。因此，我始终都会小心翼翼地朝着旁边迈步，以免踩在它们上面，因为有人告诉我，这种柔和、淡绿色的光，就来自萤火虫（glowworm）。

然而有时候，那些小巧玲珑的刺猬很可能得到了母亲的许可，它们选取了这些延龄草南瓜般的果实中的那些较小者，来制作空心南瓜灯，在这些浆果里面，这种微弱的光亮就成了仙子的蜡烛。在你朝着旁边迈步之后，你俯首谛听，如果你听见微弱的、清脆的笑声——那些笑声美妙而又可爱得难以形容，那就表明刺猬们提着它们制作的空心南瓜灯出来了，它们因为成功地惊吓到了某个人而开怀大笑。

第 2 章　在那云杉生长的地方

The Land of Spruce

这个山岭上的巨人，在寒冷的保护区里如此高昂地隐现，似乎过于孤独，过于远离人类的陪伴。云杉和枫树是你的朋友，而与此同时，它们创造的茂密的树林，迄今依然丝毫不曾丧失它那庄严的高贵。

克大定山①（Katahdin）的面庞被大自然缝合了，布满沧桑的皱纹，呈现出褐色且饱经风霜的外表，要是越过大约 40 公里连绵不断的森林朝东方眺望"第一"种植园，会看见巴顿路（Patten road）那灰白的细线穿过种植园伸向远方。这条路朝南又朝北延伸了好多好多公里，如同弓弦一样笔直地绷紧，且又狭窄。

在这条路的两边，人类的手劈砍出了开阔的空间来当农场。然而，你可以站在"第一"种植园的山岭顶端，尽管可以向东眺望到 64 公里之遥的远方，却也只能看见连绵不断的绿色森林，其间有枞树（fir）和云杉（spruce）挺立的黑色长矛直插云天。那细细的灰色道路，似乎即将破裂，被压在它上面的这些东部和西部的绿色磨石所碾碎，从这个世界上彻底被抹去。那些绿色磨石滚来，

———————

① 位于美国缅因州中北部。

去除了农场的边界，它们滚过栅栏，将其碾压成下面黑色的泥土。年复一年，孤独的农夫勇敢地对抗这种绿色的入侵，但老年迟早会攫住他，要不然一场大火会烧掉他的建筑物，然后森林便会威严地扑上前来，从他身上碾压过去。

森林就是以这样的方式累垮"第一"种植园的。在巴顿路那条不断延伸的漫长的白线上，一座孤独的房子和农场建筑物留了下来。早在 75 年前，缅因和新不伦瑞克①（New Brunswick）因为边界线而发生纠纷，在这场阿鲁斯图克战争②（Aroostook War）期间，这些建筑物标志着温菲尔德·斯科特将军③（General Winfield Scott）率军向北挺进到达的最远的地方。如今，我只能想象那位将军在那条细长的直路上行进，从班戈（Bangor）到林肯（Lincoln），再到马特沃姆凯格（Mattawamkeag），从那里前往"第一"种植园，其间他爬上山丘走下溪谷，途中从不曾有曲线的道路出现，从而让他的眼睛得以短暂地歇息，或避开山丘，而当他得知自己无须抵达这场旅程的尽头时，他不由得发出了欣慰的感叹。

在那个时代，以及后来的 40 年，一辆辆载着货物的马车沿着这条道路行进，没精打采地驶向阿鲁斯图克北部，返程时则满载着森林产品。这些由 4 匹马或 6 匹马拖拉的大车，有时候会编为一

---

①加拿大东部的一个省。
②指 1838—1839 美国缅因州与英属加拿大新不伦瑞克省之间的边界冲突。
③美国的一位将军（1786—1866），曾率领一支美国联邦军队进入阿鲁斯图克地区。

个十几辆马车组成的车队，在某个陡坡上加倍努力地行驶，却不料发生故障，使得这些运货马车被一一拖翻。那个时候，这条路上往来交通十分繁忙，古老的小客栈点缀在道路沿线，每隔二三十公里便有一处，回荡着人类生活的声音。而如今，那些存留的客栈已然荒凉、被废弃，只有少数还在继续营业，其他的客栈则均在时间的长河中毁于火灾。

旅行的梭罗①（Thoreau）曾经沿着这条道路走来，前往缅因森林，至今你仍能看见他伫立过的那块门阶石。当时，他站在那里看着街对面的商店，正如那个矮胖的经营者所描述的那样，那块石头如此之小，以至于梭罗不得不走出来，让其他顾客进去。梭罗在得知这个小型商店竟然会有如此巨大的营业额之后，他有充分的理由让自己惊讶——这个商店真的只是这个大厢棚的办公室而已，而大厢棚后面则容纳着各种散装货物。难怪在人们赶着马车行驶二三十公里，来到那个区域唯一的商店进行交易的时候，商店经营者会在岁月中渐渐长胖。

如今，南莫伦库斯（South Moluncus）仅剩门槛，整个村庄早已被大火抹去了，此处昔日的辉煌也已逝去。在铁路给一些地方慷慨地带来文明和繁荣的同时，又毫不留情地把繁荣从其他地方夺走。因此，尽管马特沃姆凯格和金曼（Kingman）十分繁荣兴盛，而在古老的巴顿路沿线的原始森林中，南莫伦库斯和其他一度繁忙

---

① 19世纪美国著名作家（1817—1862），曾在其作品《缅因森林》中描述过该地。

的小商业中心则犹如古希腊的城市，如今仅余记忆和一堆堆灰烬。沿着窄路，豪猪（porcupine）在很多地窖中大摇大摆地拱动，寻找食物，鹿子安静地啃食苹果树上的果实或枝叶，而那根本无法抵抗的森林则威严地挺进，漫过那曾经繁荣的农场。

尽管如此，森林无法征服那条灰白的、细线一般的道路，因为人类的手需要让它始终保持畅通无阻，但是森林还是朝着车辙涌去，在一些坡度陡峭的地方，在一些后来的建造者放弃直线、形成曲线因而才更容易攀爬山丘的地方，森林猛然飞扑到这很少有人走过的一丁点土地上，以快得惊人的速度重新伫立起来。

在整个缅因的北部地区，森林再生的力量的确是一件令人惊骇的事情。在森林中的年轻树木汹涌澎湃地生长面前，又有什么能够对它们进行抵抗呢？在这里，提着斧子的人们曾经对着树林的"巨人"砍伐了两个世纪或更久，那些巨人般的大树确实被砍伐得低矮了，然而在一个世纪之前，在"第一"种植园，沿着山腰，在山谷中，一个特定的空间里曾经只伫立着一棵树，如今却伫立着五棵！

不过，那些树再也不是"巨人"了，这倒是真的，尽管如此，它们还是非常壮观的树木，就像小人国里的小人可能在格列佛[①]（Gulliver）将要前往的地方获得成功一样，这些树木也因此而坚持不懈地对抗人类的活动，甚至逼近人类开辟的林间空地，并将

[①] 英国作家斯威夫特（1667—1745）的讽刺作品《格列佛游记》中的主人公，先后漫游过虚构的小人国、大人国、浮岛和马国。

其抹去。在麦阔霍克（Macwahoc）、莫伦库斯和马特沃姆凯格沿线，在这个美丽的地区长成森林之前，肯定还有很多提着斧子的伐木工人。

越过山岭，在从麦阔霍克通往金曼的道路以西好多公里之处，一棵美国五叶松（pumpkin pine）孤零零地伫立着，那是从往昔的时光中幸存下来的。在距离地面 12 米和 15 米之处，桦树和山毛榉（beech）朝着它的枝条举起窃窃私语的叶片，材林、加拿大云杉（cat-spruce）和含有树脂的枞树，它们也只是朝着这棵老树奉献自己的熏香。当这些树木抵达 18 米和 21 米之处，其末梢生长得很纤细，几近消失不见了，然而这棵老树的树干如圆柱依然挺拔而起，超过了那些树的顶冠 15 米，看上去显得孤傲而又无可匹敌。

我们的曾祖父提着斧子，走向由诸如此类的树木构成的森林——对于我们这些没有运气的现代人，只有在这里做梦时才会看见那样的森林。我们幸运地把那些树桩留了下来，因为它们依然沿着莫伦库斯而伫立，其形态与当年的情况并无二致，那个时候，伐木工人那带有树脂的斧子上沾满这些树木的碎片。它们的根依然是健全的木头，也许再过半个世纪，它们才会慢慢腐朽下去，给周围的密林增添大量的真菌。

这些残存的树桩直径达 1.5 ~ 1.8 米，常常高及你的脑袋，显示了我们的祖先在多么深的积雪中从事伐木工作，树桩在很多情况下都保持着自己的形态。树桩底部的周围，有一圈丰富的深色真菌，而那些真菌曾经是树桩上的树皮，后来渐渐转化为真菌。在每一个案例中，树皮都掉落了下来，崩溃、分解成为腐殖质，让心材暴露出来。灰色和绿色的苔藓依附在树桩上面，把它覆盖起来，因为它保持了自己的形态，就使得你几乎会认为它还很健全。但是，如果你踢上一脚，或者用手杖刺戳一下，就会证明情况恰恰相反——它只是废物，已经腐朽不堪，伫立在树林那无声、无息、无风的沉寂中，成为一种缄默的纪念碑，为已经逝去的荣光而竖立起来，等待自己一触即逝的那一天。

当这些"巨人"还是我们只能梦想的树林"神庙"中的圆柱，缅因森林多么光辉而庄严！它们的树叶黝黑，相互交织成浓密的阴影，落叶植物根本就无法茁壮成长，它们的下部枝条也因为缺乏阳光而最终枯死、消亡，没有留下一点伤疤，因此不曾破坏这些15~18米没有节瘤和枝条的壮观的圆柱。

印第安人崇拜的众神，肯定从这些高高的、沉寂的空间里面走了出来，你也无法想象印第安人怀着那种不是沉默的敬畏的心情，在其中穿越它们。今天，我们这个更为强壮的种族没有对我们上面的森林崇拜性的敬畏，就无法伫立在它们那长满苔藓的残桩中间。众神的的确确已经消逝了，偶像却留了下来。云杉和枞树，培育松树的种子，密集地伫立在它们一度占有的地面上，再度朝天空举起神庙的尖顶和尖塔，而那些尖顶和尖塔曾经是静静地拱起的圆顶。

当我感到你可能在巨大的松树下进行崇拜之际，你可以在这里进行崇拜，我也能感到在枞树中间，树林的众神可能比它们在年迈的树木中间更亲近、更温和。这个山岭上的"巨人"，在寒冷的保护区里如此高昂地隐现，似乎过于孤独，过于远离人类的陪伴。云杉和枞树是你的朋友，而与此同时，它们创造的幽深的树林，迄今依然丝毫不曾丧失它那庄严的高贵。

这种树木人们通常称为云杉（timber-spruce），似乎更乐意地扔掉自己的下部枝条，而不是那些更为黝黑的粗枝之物——在当地伐木工人当中，它被称为"加拿大云杉"。因此，到了一个节瘤更少的特定年龄时期，它就让自己做好准备，接受伐木工人的斧子的劈砍。植物学家称之为"白云杉"（white spruce）和"黑云杉"（black spruce），他们和伐木工人能辨别出两者之间的细微差异，而刚刚进入大树林中的新来者，却并不那么容易觉察出这些差异。

你可能更容易把枞树辨认出来。在我看来，枞树似乎是一种比任何其他常青树都更精致、更美妙的化身。小说家乔治·金博尔（George Kimball）在其《松树茂盛的家园》（*Piney Home*）一书中，就写到了居住在莫伦库斯和麦阔霍克沿线那些离奇有趣的农场上的人，也写到了漫无边际的森林默默延伸的地段上的人，而且，他还潇洒地称之为"云杉梳着蓬巴杜发型；枞树则梳着中间分开的分头发型"。

在常青树中间，枞树确实是一个贵格派①（Quaker）女士，

_____

① 基督教的一个教派。

其头发光滑地分开，它那黝黑、谦逊而又美丽的服饰，还有那种抚慰人心、迷人，具有疗效的芳香，就像一种真挚而可爱的氛围，始终飘浮在它的四周。看来，树林中的所有其他居民的所有伤口，似乎都可以仰仗它来治愈，因此，它的存在多么亲切可爱，多么抚慰人心，多么仁慈和蔼。

枫树产生那胜于甜蜜的槭糖，它里面具有某种诱惑，使人流口水；桦树的酿造之物胜于啤酒，在俯瞰原始世界的金色光辉、树木覆盖的山岭上的玫瑰色早晨，那种味道会让人产生梦幻、浮想联翩。因此枞树微弱的芳香犹如一种神圣的存在，从那亲切、可爱的地方飘浮出来，而它会把世界上的伤者和病人欣然拥入自己的怀抱，给它们的伤口敷药，使其再度愈合、健全。那么在生活中，人们习惯于采用枞树来做圣诞树，就不足为奇了。没有哪种树能像它那样，如此适合于对全世界结出可爱的礼物。

这在北方通常被称为"云杉鹧鸪"（spruce partridge），也就是科学家们所谓的加拿大松鸡（Canada grouse, Dendragapus canadensis），我发现在这些北方的树林中，这种鸟儿在云杉和枞树下面十分常见，而且它们毫不怕人，这一事实令人惊异。相比我们家园树林中的披肩榛鸡（ruffed grouse），这种鸟儿的体型要稍小一些，颜色也更深更暗。在这里人们将披肩榛鸡称为"桦树鹧鸪"（birch partridge），因为这种鸟儿以桦树的花蕾为食，而云杉鹧鸪则以云杉的嫩梢为食。相比之下，桦树鹧鸪更为机警。正如在家里一样舒适自在，它随时会像一枚愤怒的炮弹，从下层林木中雷霆般地飞起来，穿过空间而射出去，消失在更远的树林的掩蔽处。

就在你的前面，云杉鹧鸪沿着灌木丛和下层丛林而蜿蜒前行，或者在浓密的常青树下更开阔的空间里振翅飞起来，飞进树木的下部树枝，它们似乎认为在那里才是安全之处。我曾经就置身于一群这样美丽的鸟儿中间，谛听它们微弱而安心地相互呼唤，距离近得足以让我看见它们的大羽上每一个微小的细节。然后，在它们振翅飞翔之前，我悄然走上前去，在最低矮的枝条上触摸了其中一只鸟儿柔软的羽毛。

然后，惊慌的恐惧好像确实一下子就击中了这群鸟儿，它们立即呼呼地起飞，飞进某些母亲般的枞树的绿色怀抱之中，而那些枞树的手臂在它们周围合拢，将它们严严实实地隐藏起来，使其免遭外界粗鲁的侵犯。这些鸟儿的体型比披肩榛鸡要小一些，虽然它们体态丰满而美丽，因为以云杉嫩梢为食，据说它们的肉具有强烈的调料味而并不那么美味可口，但这样的说法让我感到高兴：在它们以友好的方式把我接纳到它们的群落中之后，如果我去射杀和吃掉它们，就很像是出去捕获那些正在去上学路上邻居的孩子。

在这北方的麦阔霍克树林中，你很快就会开始感受到鹿的活动方式。沿着伐木道，你可以看到它们一路留下的足迹：它们行进时，锋利的蹄会在地面上不断地切割，从而在路边柔软的真菌中留下了深深的印痕。如果你默默地走来，风力又恰当，你就会不自觉地走出一条大幅度的曲线，及时听到一头雄鹿在看见你之前踩脚，呦呦叫唤，轻轻拍动它那旗形的尾巴，然后跳跃着离开，钻进灌木丛。要不然，你就可以看见一头身材苗条的雌鹿，它就像跳芭蕾舞的森林女神踮着脚尖旋转，然后又飘然而去，而一头僵着腿行进、浑身布满斑点的幼鹿跟在后面，蹦蹦跳跳而去。

当这些荒野的动物被惊动的时候，它们就似乎对土地有一种异常的轻蔑。它们离开之际，你几乎不会注意到它们轻蔑地践踏脚下的泥土。在西部平原上，丛林狼（coyote）和长腿大野兔（jack-rabbit）似乎根本不是在奔跑，只是在山艾树（sage-brush）上飘飞而过，接下来你看见的，就是它们像鹰一样在翱翔，只是要迅疾得多。因此我见过一只狐狸轻快、平稳或毫不费力地行进，表面上看起来一直是在90厘米高的空中前行，越过马萨诸塞州的牧草地。这样的行进方式令人惊奇，简直就是在飞翔。在麦阔霍克，一头受惊的鹿，同样好像是在无意间就学到了飞机飞行的真正原理。

较低的土地上，在杜松（hackmatack）和侧柏（arbor vitae）中间，金翅啄木鸟（golden-winged woodpecker）正在大群地聚集起来，准备在秋天迁往南方。此时，你可以听到正在临近的孤鸟发出的那种活泼的音符，它在一棵云杉顶端上停留片刻，大叫"基—尔、基—尔、基—尔"，在你的头上发出重音。那种声音具有美国人在舞台上发出的所有高昂的鼻音，有时候，那只鸟儿的活动方式又很笨拙，看上去很是滑稽、可笑。

如果你轻轻迈步穿过沼泽，你就会发现一群金翅啄木鸟跳着怪异的舞蹈前行，从表面上看来，它们是在自娱自乐。它们呆板地展开尾巴，装腔作势地迈着尴尬的步履，沿着枝条行进，还相互行鞠躬礼，同时在说："威图、威图、威图。"这是一场有趣的表演，很容易被你情不自禁的哄笑和大笑所打断，而它们一旦被打扰，便会迅速起飞，形成一种白色、金色和黑色的旋风，还伴随着少许的红色飞逃而去，前往某个未被发现的隐蔽处，重复这种表演。

扑翅鴷（flicker）是金翅啄木鸟的又一种别名——金翅啄木鸟在各地的别名形形色色，多达 57 种，有时它在这些名字之下旅行，我相信它在啄木鸟部落中最有头脑、最聪明。它不仅拥有智力，还很幽默，从它在某个林地的残桩上初次飞离高高的树洞之际，到灰背隼（pigeon hawk）或横斑林鸮（barred owl）打扰它的刹那，它一直在喋喋不休，对各种事物说笑话。

就像扑翅鴷一样，在冬天，缅因北部的乌鸦也会南迁。那久久不化的深雪将它们的食物掩埋得过深，致使它们根本无法取用，因此它们发现海岸布满蛤类的平地才是可靠的庇护之所，也是贮存丰富食物的食品库。它们刚刚通过捕食蚱蜢而增长脂肪，排成长长的队列越过开阔的原野而一路行军——面对这样的队列，粗心的蚱蜢根本不可能逃脱。这些乌鸦一边行进，一边满足地呱呱鸣叫。

尽管如此，它们也会停留到飘雪驱赶它们的时候，即便是在冬天，一只临时充当侦察兵的乌鸦也会迅速飞向北方，去看看大地究竟怎么样了。这种往来的旅行不过半天的工夫，我希望自己在感到需要的时候，也能毫不费力地抵达那片母亲般的枞树之地。

尽管如此，我们的飞机还处于孵化器之中，也许在明年或者后年，我就会实现这一愿望，除非莱特兄弟①（Wrights）的发明误入歧途，无法载着我飞向那片土地。

---

① 20世纪初的美国发明家，飞机的发明者。

第 3 章　迁徙的水鸟

Birds of the Nor'easter

向前漂浮，一直沉浸在水下，只把嘴喙露出来，让自己呼吸。当然，所有这些聪明的技艺都可以解释：无论是在水上还是在水中，它都不得不生存下去，即便是面对那些反对它生存的人类之手，它也学会了这么做。

在这里的马萨诸塞州东部，我们的天气情况受美国西南部的影响。大大小小的暴风雨旋转着，从墨西哥湾海岸一路北上，经由纽芬兰①（ Newfoundland ）再前往斯匹次卑尔根群岛②（ Spitzbergen ）。气象局的观察员了解这些旋风的习性，通常能够准确地判断出暴风雨何时抵达我们这里，风从哪个方向吹来，它们都携带着什么，接踵而来的是什么——究竟是雨，还是大风，还是晴朗的天气。

这种预报规律虽然准确，却也有一个例外，那就是当暴风眼并没有适度及斯文地按照常规路线行进，却突然经由哈特勒斯③（ Hatteras ）跳跃到海上，沿着湾流的东部边缘一路咆哮着北上。

---

① 加拿大一省。

② 挪威斯瓦尔巴德群岛中最大的岛屿，靠近北极。

③ 美国北卡罗来纳的海角。

而每当这样的时候，你就会发现晚报头版左下角的天气标志没有出现，因为那时我们赶上了令我们意外的东北风。

这种规律是这样说的："北半球回归到风中，暴风眼在你的左边。"因此，随着这场风越过大西洋，在中途围绕着这个神秘的中心，旋转它那直径达上千公里的圆圈，它从东北方向侵袭我们，它给我们厌倦了夏季暑热的鼻孔带来大洋中央的阵阵泡沫，用那曾经生成挪威人传奇的灰色雾霭覆盖整个大地。

东北风沿着格罗斯特①（Gloucester）海岸一路歌唱，把白色的鬼魂从马布尔黑德②（Marblehead）和纳罕特③（Nahant）的红色岩石上扯下来，在精疲力竭的泡沫中，沿着纳罕特灰色的沙滩旋转那些白色的鬼魂。在这样的日子，我们这些生活在内陆乡间的人，就昂首踏上我们那被暑热烤得呈现褐色的牧草地，观察那神秘的水汽像传说一般遮蔽大地，就像海燕（stormy petrel）一样，呼吸着相同的空气，我们心中强劲的脉搏因为涌动着维京人的血液而不断跳动。

在这样的日子里，我喜欢前去观察湖岸和草甸沼泽，观察其中芦苇丛生的地段，因为秋天第一批迁徙的野生动物已经来到了这里。在东北风中，你可以跟刚刚从北极海岸一路南下的黄脚鹬（yellowlegs）互致问候。今天，空气上层的雾霭朝我旋转下来，在这个高高的、无形的王国中，我听见了这种鸟儿发出的鸣叫。

---

①②③均为美国马萨诸塞州地名。

灰白的天空似乎把它们那些灰白的形态释放了出来，稍后不久，这片天空还会释放片片雪花。

这种鸟儿的色彩很次要，它们的哨音却时断时续地响起，一次又一次尖锐地发出 4 个音符——那是为北方荒凉之地感到伤心而发出的孤独的音符，野性得如同冰崖的回音，除了北极海洋怪诞的鸟儿的嗓音，那样的回音从来不会回应其他嗓音。那是一种尖锐的悲叹，有充分的理由成为尖叫，那是小小的迷途的尖叫，哭喊着需要母亲。尽管你永远不能将那回响着遥远、孤寂的空间的野性悲叹置于其中，但如果你愿意，你就可以充分模仿这种哨音，欺骗那些鸟儿，吸引它们盘旋下来，来到你的猎枪的射程之内。

黄脚鹬并不像它们以前那样频频来到这里，我甚至还见过一小群幼小的美丽的蓝翅鸭（blue-winged teal）——在往昔的岁月里，它们多么丰富，以至于在黎明时的沼泽上，它们的翅膀发出沙沙声令人熟悉，从那时起到现在，时光已经过去了多年。我错过了这两种鸟儿。漫步到湖泊或沼泽，去面对这样的旅行者，跟它们短暂地互致友好的问候，也是值得的。在冬天，黄脚鹬可以在极度遥远的北极度过夏天，然后再南迁，前往巴塔哥尼亚①（Patagonia）地区过冬。尽管蓝翅鸭可以在阿拉斯加繁育后代，在南美洲过冬，但是这种鸟儿的活动范围较小。在东部地区，它们的消失是我们为自己现在的文明所付出的代价。我猜想，这是值得的，但我相信，

① 南美洲南部一地区。

有一种文明会更美好，完全可以降低这些荒野朋友的丧失率。

沿着湖岸，黄脚鹬飞临到我们上面之际，它们会发出那种充满孤独和悲叹的风的哨音，接着就像灰白雪阵的幽灵疾驰而去。然后，我们观察斑腹矶鹬（spotted sandpiper）那朴实又滑稽的动作，就成了一件让人乐此不疲的事情。整个夏天，在湖泊周围，你都会发现一两对这种鸟儿的身影，它们无疑在附近的某个杂草丛生的草甸上拥有自己的巢穴，在那里繁育后代。到了春分或秋分，在东北风盛行的时候，这一两对鸟儿就变成了十几只，准备飞往加勒比海（Caribbean Sea）的海岸，在那里过冬。尽管如此，它们却在这里流连，极不情愿离开新英格兰。

这些鸟儿从来就很怕我，要是我靠得太近，它们就会暴躁地大声歌唱起"皮特—威特，皮特—威特"，还在不太高的空中半盘旋，飞到外面的水域上，又飞回到岸上。我确实深深地怀疑，对于我的入侵，它们的态度是一种充满幽默的轻蔑。因为，随着我逐渐接近它们，它们喜欢面对着我，似乎彬彬有礼地鞠躬，然后它们立即转向另一边，一如既往礼貌地鞠躬，随着一个粗野的轻蔑的姿势，朝我这边轻轻地拍动白色的尾羽。

接下来，它们自然而然就飞走了，这让我怀疑其姿态是否意味着粗野。尽管如此，这样的姿态中或许并无明显的个人针对性。斑腹矶鹬的双腿被那似乎弹簧一样起作用的肌肉连接在身体上，当它试图站住的时候，它就不得不步履蹒跚，难怪它获得了"跷跷板""跷跷尾"等俗称。

在一年中的这个时候，我很容易发现环颈鸻（ring-necked plover）或者笛鸻（piping plover）跟斑腹矶鹬待在一起，这些鸟儿已经置身于秋天并朝南方的迁徙之中，早先它们前往北方的拉布拉多①（Labrador）繁育后代，如今开始南飞了。它们的体型与斑腹矶鹬的相差无几，但是，通过那些环绕在脖子上的白色项圈，还有在脖子下面可以辨认出来的那件小小的黑色背心，你会很容易认识它们。它们是谦逊、忙碌的小伙伴，在沙滩上四处奔跑，捡拾昆虫和微小的甲壳类动物，不断啁啾出"匹—普、匹—普"的声音，几乎根本不怕人，毫不在乎你的临近，直到最终受到惊扰，它们才会犹如一只鸟儿那样起飞，以一个紧凑的整体飞走。

尽管这些鸟儿具有半蹼的脚，这似乎暗示了它们能够游泳，我却从未见过它们在水中畅游。虽然有些鸟类在脚趾之间根本没有蹼，但有时在被迫游泳时会游得非常出色，堪称游泳健将。如果你把生活在家禽场地上的母鸡扔进水里，它就会像鸭子一样直立而起，并且不断游动，直到羽毛完全浸透了水。

随着秋天的东北风吹来，通常有一两只斑嘴巨䴙䴘（pied-billed grebe）会来到湖泊。如果你的目光足以好并且幸运的话，你就会看见一只这样的鸟儿，它那短得可笑的翅膀迅速拍击，顺风而下。尽管我认为它在飞翔的时候更艰难，每分钟拍击的次数更多，但它的飞翔也多少有些类似于野鸭，但当它临近你的时候，你就会

①加拿大纽芬兰的陆地部分，位于拉布拉多半岛的东北部。

把它认出来，因为野鸭不会如此热切地将脑袋前伸，也不会悬晃着双腿，如此远远地伸到身体后面。

在陆地上，这种䴙䴘应该安闲自在，因为它长着犹如母鸡那样的嘴喙，它的脚趾不过是分开的，不曾有蹼连接。但是，实际情况却并非如此。它步行缓慢、笨拙，并且难看得可笑。或许正是这个原因，它在自己能掌控的时候不会靠近陆地行走。即便是它的巢穴也是构筑在水上的，实际上，那种巢穴有时是在漂浮，是由一大片腐烂的莎草（sedge）和泥巴构成，其幼雏一旦孵化，便会像成年鸟一样游泳、潜水。但是，如果说这种䴙䴘在陆上步态滑稽可笑，飞翔也艰苦费力，那么它在水中的行动则可谓是优雅、安闲和敏捷的化身。

这种䴙䴘充分显示出一个名字的好处，那个名字为人熟知："水中女巫"。当猎人前往沼泽的时候，我就为我的那些无辜的朋友——蓝翅鸭而感到难过。我知道，蓝翅鸭在其曾经漫天飞翔的地方，如今数量何其之少！当我听见猎人在猎鸟时放出引诱野鸭发出的那种嘎嘎声，我就会为那些黑色野鸭的命运而忧心忡忡。因为我知道，它们与生俱来的同情心和群居本能会让它们不自觉地行动，让自己来到枪手们躲藏的障碍物之中，因而惨遭射杀。

对于斑嘴巨䴙䴘，那些引诱的野鸭和神枪手都不会给我留下任何不安的疑虑。当引诱者看见它刚好在射程之外游过的时候，他们可能会声嘶力竭地发出声音来呼唤它，而它甚至不会调转脑袋看一眼。这也许是它拥有的一种嗓音，而我从来就不曾听见它使用过这种噪音。当这种鸬鹚处于野外的公平游戏中，迎着太阳的时候，我的同情心就放在了枪手身上，因为我知道其捕猎的结果无非都是雷声大雨点小。

我见过一只斑嘴巨鸬鹚，当时枪手们从岸上包围过来，把它逼入一条狭窄的、浅浅的河流。在第一声枪响声响起的时候，它就迅速潜入水中，尽管那是近距离的平射范围，但它也在子弹击中它之前就钻到了水下，没给对手一点机会。后来随着十几次这样的射击，它又十几次潜入水下并浮上来，致使枪手们白白浪费了很多子弹，难怪猎人们都称它为"潜入地狱者"。我在有关的自然书上读到过这样的陈述：人们之所以会赋予它这一名称，是因为期望它潜入极度的深处。无疑，这种鸬鹚能随心所欲地潜入深水，但枪手们并不曾思考和重视这一事实，却还是一味胡乱地开枪射击，浪费子弹。这个名字是一种亵渎的征兆，是它那非凡的潜水技能所必需的。

在十几次射击结束的时候，那只被逼进河流的鸬鹚依然存在，而且以缓慢的方式得出了这样的结论：自己正在水面上遭到猎杀。于是，它就索性躲在水下，不再浮出水面了。据知，鸬鹚在为自己的巢穴解开纠缠的水草或者追逐鱼类作为晚餐的时候，会在水下待上 5 分钟。这一次，枪手们再也看不见这只鸬鹚了，在等了大约半个小时之后，他们只得悻悻地离开。有人还坚信最后一发子弹确实击中了它，只是它在死亡的痛苦挣扎中被水草给缠在了水下，再也没有浮上来。这样的想法可以理解，毕竟可以让枪手们感到些许安慰，而那只鸬鹚则对于这样的结局似乎也非常满意，因为就在枪手们消失了 10 分钟之后，它就重新浮上水面，一如既往地继续觅食，一副若无其事的样子。

它只是一路向前漂浮，一直沉浸在水下，只把嘴喙露出来，就像让鼻孔高高地突出来一样，给自己足够的呼吸机会。当然，所有这些聪明的技艺都是可以解释的：无论是在水上还是在水下，鸬鹚都不得不生存下去，即便是面对那些反对它生存的人类，它也早已学会了这么做。尽管如此，它还有另一种诡计，那种我始终无法理解的诡计：在水面上一路向前游动的时候，如果它愿意，它就会突然像一块铅那样而沉下去，而且脚在前面而不是脑袋在前面那样沉下去。它究竟是怎样做到这一点的呢？片刻之后，它又像一只软木塞轻快地浮上来，接着又像一个熨斗沉下去。因此，"精灵鸭"就成了它的又一个别名，而它也的确值得拥有这个别名。

一阵阵海风吹来，把深长的沼泽禾草都吹成了带着圆锥花序的波浪，吹成了在春分或秋分时悬挂着珍珠串的隐蔽的草秆。在我的脑海中，另一种跟海风始终有联系的鸟儿，就是卡罗来纳秧鸡（Carolina rail）。这类秧鸡当中的一些就在这一带繁育后代，但其中更多的秧鸡，则正在迁徙的路上——从它们养大了幼雏的拉布拉多起飞出发，振翅飞往奥里诺科河[①]（the Orinoco）的两岸，

[①] 南美洲北部的一条大河，长度超过 2414 公里，其一部分沿哥伦比亚——委内瑞拉边界入大西洋。

或者前往毗邻着亚马逊（the Amazon）的那些蒸汽腾腾的沼泽。

它们每一年往来飞行的方式，成了充满迷人的荒野世界的神秘事情之一。它们会深深地躲藏沼泽禾草中，你几乎没法通过恐吓和击打灌木的方式将其赶出来。当一只这类秧鸡展翅飞翔，它都是极不情愿的，于是它带着从每个毛孔渗出来的笨拙的样子而很不情愿飞走。如果你在一只畸形的瓶子上安置一些褐色的羽毛、一双悬晃的腿和两只短短的、不恰当的翅膀，并让它在草丛顶上飞过，振翅 5 米或 10 米，那么你就能充分模仿到卡罗来纳秧鸡，以便了解它抗议自己被踢出晚夏早熟禾（Poa serotina）时的模样。

对于它，一次惊扰就完全足够了。你可以前往准确的地点，它就落在那里的草丛中，发出你希望听到的一切声音。你仅仅放出一只狗，就可以再度把它惊扰出来，但是到了第三次，它甚至不会因为狗的骚扰而惊飞了——它根本不愿意出来！随着这种生存能力，卡罗来纳秧鸡（Panza carolina）在 8 月下旬会离开拉布拉多，在 11 月时便到达了委内瑞拉！也许它会靠步行完成了这场旅程中的一部分，因为它的身体机能更适合于行走，而不是飞行。

秧鸡是胆怯的化身，当沼泽挤满了秧鸡，你可能要观察良久才会看见其中的一只。最佳的观察方式就是你划着独木舟，悄悄沿着某条狭窄的小溪溯流而上，让高大的草丛在你的头上飘动，你可以静静地躺在船上，仔细观察两岸。践踏着穿过那似乎浓密得几乎无法逾越的草丛，你的头与草丛根部齐平而不是顶端，这样你就会看见草丛中布满了那些具有尖端拱门的通道。这些通道时而会扩展成草丛下面那具有中殿和十字形翼部的大教堂，时而又收窄成看不见的无形之物。尽管这里始终有一道秘密的门，新加入者可以穿过这道秘门而行，却很难发现它的存在。

在这里，从最宽的通道中，麝鼠（muskrat）的跑道从斜坡上而下；麻鳽（bittern）把长长的脖子径直地伸向前面，用锋利的嘴喙指路，它可以穿过其中最高的通道而悄悄潜行。这些通道堪称沼泽中宽阔的公路，但秧鸡并不那么频频在上面行走。对于这种胆怯的鸟儿，即便是这些偏僻之处的通道也算太公开了。它偏爱狭窄的通道，那样会引导它前往密集地挤压的草秆丛。这些草秆无法阻挡它的道路，因为尽管它那特殊的楔形体形在飞行时显得如此荒谬可笑，但在这里正是它所需要的东西，发挥了作用。这种体形允许它的身子会穿过最密集的草秆滑过去，而且还不发出一丝沙沙声，更不会搅动草秆的顶部。因此，如果你有足够的运气看见它，那么很可能是它正从一道坚固的草墙中走向外面，就像是从沿路通道的一个尖角形拱门中走出来。

你当然听不到草丛发出的沙沙声，也看不见秧鸡移动，但它就在那里，专注而又庄重得超过自然。它的脑袋向下和向前刺戳，尾巴在后面紧张不安地高高翘起，极度小心地行走，那样的动作仿佛是因为在地面留下了痕迹而对泥淖致歉。你看得见它用脚趾紧紧攫住一根灯芯草而攀爬上去，吃掉上面的种子；你看得见它动作熟练地游过小溪，因为它是游泳健将。然而对于你，即便是你做出最轻微的动作，也会让它受惊，再度钻进浓密的草丛，那动作如此迅速，使得它似乎是凭空幻化、消失了一般。

老枪手们常常告诉我，秧鸡会溜到水下，在水下依附于一根芦苇上，仅仅把嘴啄露出水面，以此来模仿鸊鷉的那种隐藏方式。他们还说，当秧鸡遭到猎犬和枪弹紧追不舍的时候，它们就会彻底溜到水下的某处，有时会一直依附在那里，直到被活活淹死；他们还声称自己知道秧鸡会昏过去，最终因为惊骇而昏睡过去。对于这些说法，我自己却一直无法证实是真是假，但我相信，如果真的有其他原因因为惊骇而昏睡过去的鸟儿存在，那肯定是卡罗来纳秧鸡。

野鸭、鸊鷉、䴔和秧鸡，可能因为受到春分或秋分的暴风雨的压力，被迫朝我们飞来。潜鸟（loon）则并不会这样。潜鸟驾驭着东北风，你听得见它在顺着大风滑下来之际发出的那种欢乐的呵呵声。它那灰白的胸脯用来抗击北极海洋灰白的浪峰，它那强有力的大腿是为了驱动敏捷的脚上宽大的蹼而构成的，直到它如同精灵穿过冰冷的水域而旋转。它很机警，同时还充满了挑战精神，强劲有力，在那越过狂暴的海洋而翻滚上千公里的野性的大风中，它是令人熟悉的身影。当它歇落在我们内陆的水域中，它并非是因为寻求庇护而来，而是因为驾驭暴风雨的那种无奈碰巧把它带到了这里。

如果你想开枪朝它射击，那就尽管朝它开枪吧。只可惜的是，在你的猎枪吐出的火舌之下，它丝毫不会受到伤害，如果它想游泳，那么它可以畅游出 800 米之后才会重新出现。然后，你听得见它在充满轻蔑的好心情中开怀大笑："呼—呼—呼"，因为它根本不在乎你。它有足够的知识来避开你，而你无法感到它害怕你。当它再度飞出去，用强劲的翅膀鞭笞大风，径直钻进东北风那狂野的心中，湖泊就孤独了，沼泽就单调乏味了，而此时也到了我应该在宽敞的壁炉中燃起木头，烤干衣服，舒适享受的时候了。

第 4 章　松鼠收获季

The Squirrel Harvest

就在我的手朝它伸过去之前，那只松鼠便一跃而起，弹跳得如此之高，使得它在飞行中避开了所有枝条。从树端到下面那干旱得硬结的草皮之间，距离大约有 12 米，而我立即为我的嬉戏行为感到后悔。

红松鼠（red squirrel）很像我一样，绝不可能等到栗子爆裂张开的时候才去采摘。早在很久以前，比如在 9 月初，我就常常看见红松鼠在邻近的栗子树干上来来往往，上蹿下跳，一边独自噼噼啪啪地叫着，一边猛然向前突进，毫无节奏可言。此时，它会冲上树干，就像一辆轻量级的、马达蹦跳的普通汽车冲上陡峭的山丘，当它和树皮的爆裂声一起发出兴奋的嘶嘶声，它浑身都在颤抖。

它的眼睛盯着那些还处于闭合状态的刺果，但那些果实上长满了密密麻麻的绿色棘刺，这让它很生气，因为它在掰开这样生涩的果实之际，它的舌头很容易被刺穿、受伤。但对于它来说，这倒并不要紧，因为那些褐色外壳中的乳白色果肉实在是太诱惑它了。

在这最后一个月，它朝最高的树木爬去，一直爬到枝条末梢，以一种只有红松鼠特有的依附方式安然地依附在那里，将那些刺果——咬松。此时，很多的刺果被它咬落，从枝头上坠落下去，点缀在地面上，接着，它就会发动自身的"马达"迅速冲向下面，其活塞偶尔还会发出轧轧声，这只是证明它能够迅速发动自己的"汽车"，迅速咬掉那些具有挑战性的刺，啜动它那受伤的嘴唇，咀嚼里面的果仁。

同时，我和镇子中的大多数男孩一样，面对栗树的刺果时也颇伤脑筋，感到十分棘手。男孩明白，红松鼠通过模仿真实的运动而获得了刺果，只要他愿意，他也能够去完成同样的事情。但栗树的枝条较小，很容易断裂，在最佳情况下，在这样的枝条上朝着外面的末梢爬得够远，是一件非常危险的事情。事故记录表明，那些大胆的、瘦弱的男孩有时会这么干，而且常常在这样的尝试中不慎掉落下来，或多或少地摔伤。尽管红松鼠坠落的情况发生得相对较少，但它有时也会掉下来。

树林中的野生动物就像你和我一样，容易发生意外，只不过并非那么容易频频发生。野外生活对所有强壮得足以适应的动物进行了进化，进化掉了松鼠族谱上所有笨重的分支。只有极少数头脑冷静、技巧娴熟者得以生存下来，繁殖出大量同类。

那从栗树的上部枝条掉下来的男孩，在坠落过程中可能会抓住一根下部的枝条，让自己的脖子免遭折断——据我了解，确实有一些男孩这样干过。要不然，如果他足够幸运，距离地面不太高，那么他在落地时就不会身受重伤。松鼠无论是落到下部的枝条上，还是落到地面上，几乎都会安全着陆，毫发无损。在红松鼠的案例中，这样的成功率较大，比在灰松鼠的案例中要可靠得多，因为灰松鼠的体重毕竟是红松鼠的两三倍，一旦发生坠落，会更容易受伤。尽管如此，我也亲眼见过一只灰松鼠从大约 12 米的高处从天而降，着地时竟安然无恙。

果实紧紧依附于枝条末梢之处，要撬松那些尚未成熟的刺果，我的方法就相对笨拙了，缺乏松鼠所采用的那些灵巧的手段。我常常拿着棍棒来撬动。尽管如此，撬松那些刺果还真的需要智慧和准确性：站在一簇栗子刺果下面大约 6 米之处，把棍棒对准它们猛掷上去，这样的行动必须准确，让棍棒能恰好击中它们后面那个正确的点，从而把它们从生长之处突然打断掉落下来。这一系列行动是你早在孩提时代就必须学会的技艺，否则过了那个时期，你就永远学不会了。

你可以恰好击中那些刺果，要不然你的棍棒就会错过它们，击中枝条后面更远的地方，结果会一无所获。随着刺果落到地面，你的任务就是用这样的方式来掰开它们：把它们放在一块石头上，再用另一块石头连续重击。如果你把恰当的力量使用在恰当的要害之处，那多刺的包膜便会破裂开来，那柔软的褐色坚果便会完整地滚出来。对于我来说，当这种褐色刚刚开始蔓延坚果表面的时候，它的外壳变得十分坚硬、果仁富有弹性而很脆之前，就是它们最美好的状态。

在 10 月的这些早晨，栗子成熟了，呈现出浓重而奇妙的褐色，却依然密密匝匝地依附在刺果的中心，它们爆裂张开了，露出珍贵的果仁。相比 3 周前，现在要大量收获这些栗子会更加容易。对于这一点，松鼠深谙此道，堪称高手。此时，它们再也无须爬到最危险的枝条末梢上，身体极不稳定地依附在那里将刺果咬穿。现在地面上密密麻麻地点缀着栗子，红松鼠和灰松鼠都在沙沙作响的褐色树叶中间忙忙碌碌，来来往往，贮存这些果实——风、男孩和我从裂开的刺果中摇落下来而又未能及时收集的果实。

偶尔，它们会吃掉其中的一枚栗子，但在很大程度上，它们都在忙碌地将其贮存起来，以备不时之需。在空心的树里，在树桩下面，它们将这些收获物一小堆一小堆地贮存起来。但除此之外，它们还会在地面上到处挖掘小小的洞孔，将一枚枚坚果放在这些洞孔的底部，再扒动褐色的树叶，将洞口覆盖起来。我总是在猜想，这些坚果是为了特殊的午宴而被贮存起来的，当坚果的主人无意前往主要食品库的时候，便可以就近取用这些坚果。我知道，松鼠在冬天有时会前往这些埋藏坚果的地方，将其挖掘出来享用，因为我常常看见成堆的积雪中被挖出了一个个洞孔，那就是松鼠坚决而果断地挖掘下去的，不仅如此，它还在那里留下它所享用的坚果外壳碎片。但我并不相信的是，在一百枚被这样埋藏的坚果中，松鼠并不会挖掘出所有的来享用。相反，没被挖掘的坚果会一直埋藏在那里，直到发芽，这就是大自然让栗树得以种植的方式，不知道松鼠们是否会意识到这一点。也许它们并不想把这些坚果重新挖掘出来，而只是在饥肠辘辘所迫时才会这么做，我将信将疑。

今天，那条通往栗子林的小径蜿蜒前行，穿过一片紫林草

（purple wood-grass）。此处的紫林草形成了一片浅浅的海洋。这是一种野草，饱受农夫的蔑视，因此他在挥舞大镰刀割草时也对其置之不理，不曾将其收割。如今，它们一丛丛伫立在牧草地所有的荒芜之处——犹如秋色呈现的一种琥珀色的酒，在你穿过之际会让你陶醉不已。这是在你上马远征时奉献给你的饯别酒，如同山丘一样古老，呈现出清澈的、琥珀般的紫色，然而，那灰白的叶梢有着一种精美的泡沫，如同葡萄酒一样温暖人心，因此你的眼睛早已开始了畅饮这个日子的美。然后你穿过桦树林的通道，那里的绿叶曾经是一种透明的黄色，把洒下来的金黄阳光过滤成柔和的光辉，具有一种只有在宝石中才可以说出的浅色光辉。

数年前，一块奇妙而结晶的碳从南非的矿井中被开采了出来——那是一块奇特的钻石。尽管经过切割、打磨和抛光，其重量却依然也达到了125克拉，那就是著名的蒂芙尼（Tiffany）黄钻，它的心中闪耀着黄色的光辉，在10月，一个阳光明媚的日子，这样的光辉也同样会贯穿整个桦树林而涌现出来。这颗蒂芙尼宝石价值连城，如果你的衣兜里有破洞，你就可能将它丢失。那片桦树林宽约800米，一旦你感受到了它那柔和的光辉充斥你的灵魂，那么它就永远属于你了，从此再也不会离开。无论是沙漠还是城市，都无法从你心中将它夺走。

我安全地坐在精心挑选的一棵栗树的分叉处，用桦树杆伸进那些张开了一半的刺果中间，不断敲打栗子，聆听它们噼噼啪啪地落在远远的枯叶上的声音。一会儿之后，我就听到了一种磨砂似的细微的吱吱声——那种吱吱声听起来很像是为此而疯狂的小小的关节发出的，所以才会发出这样的声音。那可能是两根树枝摩擦在一起而发出的声音，只是那种声音太个性化了。相比之下，吱吱嘎嘎的树枝，声调上始终那么悲哀，而这种吱吱声则充满虚弱无力、紧张不安的愤怒。

那种声音的准确位置很难确定，我几乎把生长的栗子都采摘得稀疏了，正打算爬下来的时候，我这才发现究竟是什么东西发出了这种声音。原来，在一根大树枝下侧突出的细枝上，倒吊着一只巨大的蝙蝠，它用一根后脚趾抓住那根细枝，摇晃着身体。它那灰色的身体毛茸茸的，一部分宽松地包裹在翅膀里面，看起来就像是深色的橡胶片，只不过布满的皱纹的褶皱。它那丑陋的小脸怒气冲冲，它那噼噼啪啪的声音是一种狂怒的、滑稽的外泄，却又虚弱无力。

我握着那根木杆采摘栗子，而每一次对栗子的刺戳都让它受到了刺激。在我们的白天，在它的黑暗中，它根本无法看见究竟是什么在打扰它，也无法冒险从那里飞走，以免陷入更大的危险。因此，它继续坚持悬挂在那里，用它拥有的各种声音和语言来抗议我的行为。当我小心翼翼地拨开它的后爪，把它包裹在一块手巾中，装进我的外衣侧边衣兜的时候，它还不断咕哝着它那只属于蝙蝠世界的亵渎言语。

一枚栗子的刺果如在天鹅绒一般的壳中，你通常会发现有3枚坚果，有时候会发现只有一枚坚果很饱满，那枚坚果外壳里面有一颗成熟的果仁。既然如此，另外两枚坚果则只是干瘪的外壳皮，里面根本就没有果仁。有时候，3枚坚果中有2枚果肉丰满，偶尔3枚果肉都很丰满，只有那丰满、肥硕的坚果才可能成为具有繁殖能力的种子。在树下的地面上，在那些褐色树叶中间到处翻寻这些栗子，在从刺果当中辦开一枚特别饱满的栗子落下的过程中，我的手指偶尔会被刺痛，而此时我发现了另一种我不太熟悉的栗树同类——我用木杆刺戳栗子刺果的时候，无意间将它也捅了下来。

这就是美国蚕蛾（Telia polyphemus）——多音天蛾（polyphemus）的幼虫。这种蛾子本身就是一种美丽的生物，其褐色的翅膀略带粉红色，翼展可达15厘米，后面那对翅膀上有孔雀蓝、深栗色和黄白色的眼点。现在我看见的形态只是一条肥硕的虫子，几乎长达10厘米，粗壮的身子的直径足足有2.5厘米，身上的肌理清晰、透明，呈现出略带黄色的绿色，侧边装饰着凸起的银白色线条——就我所知，只要谈到色彩，这便是一件美丽得相当醒目的物体了。

在栎树和栗树中间，尽管美国蚕蛾的幼虫并不罕见，但由于其色彩如此接近那些它以之为食的树叶，而且它在如此高的空中度过自己的生活，因此你可能在树林中生活了多年，也从不曾看见过一条这样的幼虫。于是，我把它小心翼翼地装进另一块手巾，塞进外衣另一侧的衣兜，我就这样带着收获的栗子和我的动物展品动身回家。然而，另一次奇遇却正准备着迎接我。

在开阔的牧草地，伫立着一棵高大的山胡桃树（hickory），树上的秋叶呈现的金茶色覆盖了它的枝干，而此时，它将灰色的坚果和发黑的果壳掉在牧草地的草丛上。在这些落下的坚果和果壳中间，有一只相貌堂堂、身材硕大的灰松鼠正在捡拾收获物。当我接近的时候，它并没有蹦跳着越过开阔地，逃往浓密的树林——在那里它当然会很安全，相反，它却迅速跃向树干，躲到树后，越过那根最低矮的枝条注视着我的一举一动。

它的目光中流露出某种调皮捣蛋的挑衅神情，于是我接受了这种挑衅，把外衣扔到草丛上，这样衣兜里的蝙蝠和毛虫才不会在混乱中被压碎。接着，我便纵身跃向树后的那只松鼠，那个小家伙见状，便迅速爬到离地大约 4.5 米的树干上，在另一根树枝上面探出脑袋，毋庸置疑地朝着我眨眼。

尽管那只灰松鼠很聪明，但即便是它置身于那棵树上，它的推理也没有走得太远。我一路稳扎稳打，徐徐前进，渐渐就把它驱赶到树端上，在那里，它就会走投无路了。但令我意外的是，它并没像它可能轻易地做出行为的那样，在一根树枝上奔向外面，落到下面的另一根树枝上，然后爬下树去逃之夭夭，相反，它却径直逃向树端，我在后面紧追不舍。那棵山胡桃树很坚韧，即便是小枝条也能承受很大的重量，因此，我尽可能爬到那只松鼠所能攀登的高处。

那只松鼠待在最高的粗枝上，我距离它仅仅一臂之遥。灰松鼠的牙齿很长、很锋利，它完全知道在自卫时怎样使用自己的牙齿，然而，如果你以正确的方式采取行动，那么你就可以安全地抓住它——你只需要从它后面伸出手，用拇指和其他手指在它的颚下卡住它的脖子，这样就可以将其安全地抓住，而你自己也不会被咬伤。平时，我就常常采用这种方法把那些成年的松鼠从巢穴中拉出来。

但是，就在我的手朝那只松鼠伸过去之前，那个小家伙便一跃而起，弹射到空中，跳了出去，它弹跳得如此之高，使得它在飞行中避开了所有枝条。从树端到下面干旱的牧草地草皮之间，距离大约有12米，我立即为我的嬉戏行为而深深地感到后悔。我认为，我的松鼠朋友从这样的高度掉下去会非死即伤。于是，我不由自主地探头看它走向自己的毁灭，可是它的表现并非我想象的那样，令我大感意外：它在下降的时候让自己的四条腿宽宽地展开，同时让尾巴也僵直起来，似乎让身体变得相当扁平，从而搭便车似的落到了地面上，而不是呆滞、僵硬地落下去。尽管它着地时沉沉地发出"砰"的一声，但它立即站了起来，朝着树林蹦跳而去，看起来丝毫没有受伤。

尽管我只能认为它采取的这种诡计有勇无谋，还认为它可以从山胡桃树的枝梢溜到枝梢而爬下去，通过绕行来避开我，这样的方式可能会更好。但无论怎样，这只松鼠都胜利了，它成功地避开了我的追逐。

日落呈现的深红色用闪烁的光辉照亮我回家的小径。在桦树下面，那种光辉形成了一种弥漫着黄色光亮的薄暮，映照着高地上的那棵漆树（sumac），让它在秋天呈现的火焰暗淡成了一种红色，如同正在熄灭的灰烬。紫林草捕获并掌控着这些火焰的补充之物，而火焰反射到它的阴影中，直到我似乎迈步穿过玫瑰的灰烬，走向我自己的庭院中暗褐色的丁香（lilac）阴影。

在这里，我想起了那只蝙蝠，它过于长久地被裹在我的衣兜里面，也许感到很不舒服，于是我就解开手巾的结，打算让它溜进一个空空的松鼠笼子，观察一天之后再释放它。但是，我全然忘记了现在太阳已经沉落到地平线之下，随着暮色到来，蝙蝠的力量恢复了，可以像我一样看得很清楚。看起来，它能够更迅速地看清周边的情况，因为我还没来得及把手指放在它的身上，它一下子就从折叠的手巾中溜了出来，猛然飞进空中，迅疾地拍动那对摇桨似的翅膀，飞升到树端之上，接着便像一阵风似的消失得无影无踪。

尽管如此，我还拥有我采集的栗子，还有我捕获的美国蚕蛾幼虫。我丝毫没有耽搁，就把那只蚕蛾幼虫连同一些它可以食用的栗树叶放进蝴蝶笼子。它在笼子里爬行，不是去给自己织茧，而是爬到盒子的一角，把自己裹进一片树叶里沉睡起来。在那里，它会一直沉睡到春天，那时，我希望看见它以一只完全成熟的蛾子形态呈现在我的眼前。从此时开始，我会饶有兴趣地守候它、观察它，因为这个物种非常易变，会出现很多异常的形态和种类，甚至还有白化的变种，人们还注意到了那种翅膀几乎是黑色的黑变病品种。

第 5 章 彩林秋叶记

Among Autumn Leaves

也许在某一年的秋天，我们会注意到一场伟大的复苏开始登场。10月的沼泽会完全成为一个浅色、薄雾笼罩的灵性的光轮，弃绝了狂欢生活的圣人们的那种柔和的黄色光辉，放弃了缥缈的火焰的光亮。

在深深的树林中，叶簇燃烧了起来，呈现出秋天时日落的各种浓郁的色彩。它们保持着暗红色和鲜红色、栗色和猩红色，还有金色的黄，醇厚的茶色和褐色的色调，直到你从山顶上俯瞰，看见整个森林就像着火了一般。那些树木的火苗飘动，余烬发光、衰落，留下了褐色的灰烬和渣屑。

然而，如果你在那种火焰下面走得很远，走在那森林的通道上，随着这场大火的余烬开始在脚下碎裂，那么你就会意识到只有一种色彩感。一种精细、微妙的光亮渗透了万物——那是一种树液流出来的黄色氛围，一种真实的色彩幽灵。那些生长在开阔地里的山胡桃树，圆顶呈现出浓郁的褐色，那是可爱的色调；那些扎根在这树荫中，如此耐心地等待被命运带走，取代大树的山胡桃树幼苗，也获得了这个黄色幽灵的一种秋色，木蕨（wood fern）的叶片随之而变得苍白，那种苍白更为精致地变成了几乎透明的白色。

我们可以巧妙而机智地说，这些叶片之所以会如此虚弱无力，是因为它们生长在树荫中，脉管里面没有良好的绿色血液。但这些叶片能在旷野中活跃起来，从夏季的阳光和风里吸收灼伤，在秋天显露出茶色。然而，对于那些在同一棵树上并排着生长的叶片，当它们展现的秋色如此不同的时候，我们又怎能确信这一点呢？

在这里的一棵枫树上，我发现了一些依然翠绿的叶片，与此同时，就在这些绿叶旁边，另外一些叶片则大相径庭，已经变成了深红。从山顶上望下去，那些最为火红的枫树，就是你在仔细审视之际显露出叶片的枫树——在那里，绿色和红色既混合在同一片叶子上，又混合在邻近的叶子上。也许绿色、红色的补色获得了部分阴影的背景，更为醒目、更为显眼地突出色彩，惹人注目。

总之，在呈现秋色这个方面，红花槭（swamp maple）颇有独到之处。跟所有让自己的脚伫立在水中的树木一样，在整个夏天的生长中，早在霜冻触及它们之前，早在那些伫立在高地山坡上相似的树木意识到秋天正在临近之前，它们就已经丧失了浓郁的绿色。偶尔，生长在某一棵红花槭上的某一根树枝，在一个林地的草木丛生的小水湾中形成了阴凉。到了7月初，它就会燃烧起来，宛若鬼火，凭借着幽灵般的月光，从附近的一条水沟漫游进来，用那变成了深红色却并没有进行吞噬的奇异的火焰触及了那根粗枝。

这种情况与这棵树无关，树木获得了良好的养分，生机勃勃地成长，然而它早早就发出这个信号，因此冬天就随着它的火车而来，迟早要沿着那伟大的北方之路的轨道，一路鸣着笛行驶下来。

这样一棵枫树，就像过分热心地发出信号的旗手，伫立在交叉道上，在那列火车甚至还没有从遥远的城市出发就挥舞信号旗。而相比之下，我记不得其他哪种树木展现过这样的特性。

此外，在 9 月初的沼泽中，很多种类的树木个体有时会露出红润的色彩，领先于那些伫立在附近、甚至也露出一点红润色彩的同类伙伴。然而，以下这个规则依然有效：沼泽中的树木首先获得色彩，叶片也首先飘落，而在其中，枫树无疑是最先获得色彩、叶片最先飘落的树种。有时到了 10 月，第一批早熟的树种的叶片也飘落殆尽，浑身就显得光秃秃的了，它们的灰白色使得周边草木中显著的地点暗淡了。随着它们生动的色彩，它们早熟的光秃，它们通常较小的体型，以及它们通常漫不经心的样子·——因为这些事实，那种样子也许是成了它们唯一的外观。在我看来，红花槭始终像是恃强凌弱者，酗酒、喧闹的年轻叶片，生命之酒在它们的体内骚动。在秋天的清晨，它们红色的面庞，它们早熟的光秃，无不暗示着它们的放荡与挥霍。它们的根深深地扎在最肥沃的霉菌之中，而那些霉菌则在丰富的泉水中渐渐溶解。在它们的唇边，会连续不断地举行最慷慨的宴会，会流淌着最温暖的酒。如果它们的青春受到过度的诱惑，那就不足为怪了。

大多数桦树犹如贵妇人一般，孤零零地伫立在高地的山坡上。我注意到它们就在不很远的地方，阻止年轻英俊的枫树从其纵情狂欢的泥炭中爬出来——如果那些枫树有勇气，就会细细地咀嚼砾石崖的干果壳，畅饮它们中间的露水。但是，并非所有的树木都会形成低语的群体来以如此的方式撤退。其他树木步入并伫立在下面的沼泽中，优美地挺立在那些红润的酗酒、喧闹者中间。这些树木无疑是社会工作者，是桦树天主教神学联盟（C.T.U.）中的传教士，它们就这样高贵地奉献自己的一生，以身作则来进行教育。

它们伫立在同样的诱惑中，它们绿色裙裾闪烁着，四周微微闪亮，它们脆弱的形态挺立而起，那可是真正看得见的美德的精髓。秋天的炽热仅仅用一个浅黄色的光轮触及它们，而那个光轮立即从它们的圣洁中标记出自由。在这个10月，当我鸟瞰这片沼泽的时候，我并没发现很多东西可以证明这一点。然而，在这些给人以美感的红花槭中间，我能感受到这些纯洁的生命放射出的一种影响力。

在各处，你都会发现一棵这样生长、展现色彩的树木。在一年中的这个时候，它在夏季的叶片上原本浓郁的绿色变成了黄色色调，与桦树的那种柔和的轻妙相比，这是一种贪图物质享受的黄色。我相信，这样的树木正在通往转化的道路上。它们的邻居拥有的灵性无疑感动了它们，它们开始意识到有节制的生活之美，并为之而努力、奋进。

也许在某一年的秋天，我们会注意到一种伟大的复苏开始登场。因此10月的沼泽会完全成为一个浅色、薄雾笼罩的灵性的光轮，弃绝了狂欢生活的圣人们的那种柔和的黄色光辉，放弃了缥缈的火焰的那种光亮。然后，桦树天主教神学联盟就会举行一场赞美仪式。

在更高的地面上，另一种枫树构成了属于自己的秋色和其他特性，这种枫树是红花槭的一个近亲——白枫（white maple），有时候它又被人们称为"银叶枫"（silver-leaved maple）。在10月初，相比沼泽中那些红枫的叶片，这种枫树把自己的叶片保持得更长久一些，变成了一种生动的红色。在另一方面，从国外引进的那些挪威槭（Norway maple），到了完全成熟的时候，则比我们本土的枫树显得更为美观、堂皇。这种枫树排列在我们的街道上和公园中，昂着高贵、浑圆的头颅，依然显得碧绿，除了顶端上有一点青铜般的黄色霜状物，那赋予这种树木以一种成熟的浓烈色彩，看上去十分美丽而威严。这些枫树并不是什么传教士，它们仅仅宁静、安详地伫立着，成为平静的提示物，提示着某种高贵的范例的价值。

栗树就像这些枫树，有着对称的、圆形头颅的阵形，当树林中的其他落叶树都染上了秋色呈现的熊熊大火之际，它们依然显得翠绿。如今，10月的第一周正渐渐逝去，它们的叶簇露出了某种黄色，而它们成熟的刺果展现的那种黄褐色，则增强了这种黄色，那些刺果则一簇簇地位于它们的上部枝头。

这一年中，栗树的叶子展现出浓郁的绿色，它们带着更为浓郁的色彩而开放了两次——第一次是在6月，那时长长的、带有雄蕊的花朵显得繁茂，似乎要从它们那翻涌的顶端一级一级地倾注下来，形成多级瀑布；第二次就是在一年中的这个时候，此时，成熟的坚果在9月张开了那些绿色的刺果，衰落的树液首先给它们留下一种黄绿色，再稍后留下茶褐色。今天在树下行走，一枚坚硬的深褐色栗子很可能掉下来，砸在你的头上，以至于你发现自己的脖子上扎满了小刺——一只降临的刺果往往就像烦躁的豪猪一样，猛刺你的那个部位。

梣树（ash tree）的叶片本来呈现出橄榄绿，现在却非常迅速地转变成橄榄黄，然后会再转变成茶褐色。不过，这种树依然保持着一点橄榄的色调，光秃而又灰白地迎着天空而伫立着，就像红花槭——那个可靠的冬天预言家。跟其他树木相比，梣树的叶片丝毫不会那么丰盛、繁茂，它在秋天会率先落叶，而在春天又会成为最迟萌发出叶片的树种之一。即便是在盛夏，你也不能说它的叶簇很浓密，而当那些纤细的褐色的叶片平躺在地面上，也只是薄薄的一层，绝不会形成那种厚厚的、富于弹性的地毯。当你踏着它们走过，它们很松脆、易碎，却不会发出沙沙声。

稍后，在一棵挪威槭下面的土地上，会密密麻麻地覆盖着卷曲的落叶，它们会一层层堆积起来，深及你的半腿，当你大步迈过之际，这些落叶便会"沙沙、嗖嗖"作响。你吃力地穿过它们，前行之际，它们会从你的行进中一跃而起，翩翩起舞而去，形成一阵溅洒、起伏的褐色潮汐，煞是好看。很久以后，尽管落叶的洪流没有上涨起来，尽管有一种更脆的沙沙声——然而是一种慷慨、丰盛的声音，你也会在栎树下面发现一片与此相似的海洋。而在柳树下面，则有一种丝绸般的柔弱，与以上两者相去甚远。

因此，即便是你蒙着眼睛被人引着，从森林的一个区域前往另一个区域，你也完全可以通过脚下枯叶发出的不同声音，来辨别出你所路过的每一种不同的树木。如果你了解你路过的那些树木的特性，你也就能准确地辨别出这是一年中的什么时候，明确地辨别出你在森林中的朝圣发生在秋天哪一周。今天在栎树下，尽管地面上依然只有几片稀稀拉拉的落叶，但你也会感觉到脚下有圆圆的橡实。因为栎树没有刺果，你就会知道脚下的果实是橡实并不是栗子，并且，通过感觉橡实的不同外形，你也可能知道自己处于白栎（white oak）下面，而不是在黑栎（black oak）下面。

如果你的脚步感还不足以让你去辨识这种微妙的差异——如果你非常喜欢它会成为开阔的林地中的生命——尽管你蒙着眼，却依然会通过品尝橡实的甜度，从而辨别出它们究竟是白栎还是黑栎结出的果实，尽管它们有一点微微的涩味，但有时候，我认为它们比栗子尝起来更令人愉快。然而，它们的肉更甜，除了微微的苦味，还拥有更多的味道，如果你先品尝这种果实，然后再品尝那种果实，你就会明白这一点。我认为，对于我提出的那种相比之下栗子味较浅的说法，你会赞同的。

的确，黑栎结出的橡实是一种不同的果实，就像黑栎本身一样，其果实似乎吸收了树林中所有的苦涩味。在我看来，白栎似乎始终闪烁着阳光那慷慨大方的盛情，黑栎则似乎性情乖僻、具有报复性。它无疑是一种隐含白昼和阴影的树，除非是因为它们的果实所致，不然我几乎不会原谅这种并不那么令人愉快的感觉。

林地中，白栎与黑栎并肩而生，如果它们之间有什么区别的话，那就是黑栎生长得更为旺盛。尽管如此，其中一种树的树皮布满白色鳞片，似乎显得殷勤好客，而另一种树的树皮布满黑色的皱纹，则并不那么友善。两者的果实也如此：白栎的橡实浓郁的风味令人心动，而黑栎的橡实则保持着原味的苦涩，具有一定的排斥性。从一种树的美味和另一种树排斥性的这一事实中，我们南方的那些州里产生了一种异常的环境，在那些地方，这些树曾经像在这里的一样，在森林中同样繁盛，肩并肩生长。

在南方有一种习俗，自从最初定居的那些日子起，那种习俗就存在于世，即定居者把自己饲养的猪放养到森林中，让它们自由活动、觅食。在秋天，那些猪依靠采食"地面上的坚果"来养肥自己，而"地面上的坚果"是一个古老的英国名字，至今仍在使用，但在新英格兰鲜为人知。这个名字指的是任何一种生长在林中的坚果，但特别是指橡实。这些在南方森林中活动、觅食的猪如此喜爱白栎掉在地面上的坚果，以至于发生了这样的事情：它们大量吃掉白栎掉下来的种子，从而在很大程度上阻止了这种树木的再生。相反，它们就像任何聪明的动物那样，完全拒绝黑栎掉在地面的坚果为食，如此一来，那些黑栎的种子便会大量散落到各处，从而再生出更多的黑栎。因此，随着这样的情况循环往复，在南方的森林中，白栎日渐稀少，因而显得尤为珍贵，大受人们欢迎。

尽管栎树的叶片很早就露出了秋天的色调，但相比其他落叶树的叶片，它们的叶片更加顽强。树林中，其他树木的红色都被掩埋在褐色的落叶堆里，而落叶把树根严严实实地遮蔽起来，使其免遭冬天过于凛冽的霜降的伤害，而相比之下，此后很久，栎树那浓郁、深沉的深红色和红褐色还存留着。确实，在整个冬天，某些树种的叶片都坚持在枝头，直到来年春天，那些新生的、膨胀起来的花蕾赶它们走的时候，它们才极不情愿地从枝头上松开，飘零而下。

到了 12 月，当那些叶片依附在细枝上面，它们就会发出沙沙的声响——当冬天的风在它们中间轻轻筛漏积雪的时候，树林中就充满了这样的歌声。早在你看见来临的风暴之前，看见那最初的、离得很远的精小的雪花之前，你可能常常听见它们在一片引发共鸣声的栎树叶上到处轻轻地拍打，当精小的雪花穿过它们而旋动，它们的存在就使得冬天的景色荒凉得更完美、更抚慰人心。在完全光秃的细枝中间，积雪则无法达到这样圆满的效果。那些在栎树枝头上坚持的枯叶中间，为了领悟其所有的荒凉之美，你需要它那种过滤而下的快感。

尽管如此，那浓郁的酒红色、生动鲜明的深红色，还有那在一片叶子上深化成微蓝的紫色，在另一片叶子上深化成微紫的褐色的深栗色，如今全部都混合了起来。此时，它们还带着没有变色的叶子——那充满活力的叶绿素的绿色，所有这些色彩都呈现出来，正在开始构成秋色满潮时的那种更为持久的光辉。如果你愿意，就跟我来吧，在日落时分走向树丛繁盛的山丘——3 年前，伐木者像蝗虫一样扫过那里，吞噬了每一件挡道的绿色之物。

在那些伐木者的身后，仅仅留下了灰白的树桩、枯死的枝条，显现出一派毁坏、荒芜的景象。然而，当春天来临之际，汹涌的活力从泥土遮蔽的根须中向上冲刺，那些灰白的树桩开始发芽，偶尔吐露出它们体内过多的年轻血液来淹没紫色的嫩枝，而此时，伐木者们几乎还没有转过身来，新生的树苗就重新出现了。那一年，这些嫩枝生长了1.2米，第二年，它们生长出同样的高度，现在，另一片年轻的栎树林——黑栎、白栎、赤栎（red oak）、猩红栎（scarlet oak）和胭脂栎（scrub oak），在古老的森林中威严地伫立并嬉戏、蹦跳，那里充满了年轻生命的骚动，展现出母树从巨大的深根中送上来的所有活力，让它们茁壮成长。

如今，它们的树液泛起的潮汐正在渐渐回落，那深深的灰橄榄绿正在转变，变成最浓郁的深红色和胭脂红。透过这些颜色，太阳金色的光辉淹死在一片酒神狂欢的光辉的大海中，那种光辉让目光沉醉，迷醉于它那深红色的火焰之酒。如果要直接面对着观看它，那无疑是面对着火炉，那个火炉中散发出生动的流动火苗，当你转过脸去，那些火苗就使得整个世界随飞溅的颜色而呈现出绿意。为了缓和久久凝视的眼睛而朝北或朝南观望，你就会发现，那浓郁的色彩依然巧妙地纠缠在树叶的曲线和各个小平面中，而那些树叶犹如火焰的红宝石，镶嵌在绿玉髓、贵榴石、石榴石和红玉髓构成的镶嵌图案中，光芒四射，魅力十足。再度转动，因此你的后背就对着太阳，你的目光歇息在棕土色柔和的深处，那并不炫目的浓郁的红色点燃那棕土色，侧面被茶色和海绿色包围。这是一个有光芒、温暖和色彩的世界，相比其他落叶树的猩红色和黄色，这种色彩将持续得更为长久，即便是在隆冬，在回忆这些仍然执着的树叶的色彩的时候，太阳的火焰也会持续发光、闪耀。

第 6 章　夏天重归的日子

The Day That Summer Came Back

在 10 月的第三周，尽管花朵日渐稀落，枯叶的刺激性气味在沼泽中到处弥漫，高地上的牧草地则散发出一种独属于自己的芳香，如此优雅而迷人，因此你困惑不已，会不由自主地寻找它的源头……

今天，夏天归来了，在牧草地上面拖曳着轻柔的薄纱外衣，把 8 月浪漫的传奇增添给 10 月中旬的树林的魅力。一片片发光的紫色深深地悬挂在远方的阴影中，在那里，它用一朵柔软的灰蓝色的花——宛若葡萄上绽放的花。因为它，山丘柔软地起伏，仿佛是湾流在亚热带区域微微泛起的波浪，因此，一种紫色花期产生的薄雾微微地闪烁，一路伸向远方，远及目光所及之处。

山胡桃树的茶色和栗树的茶黄色，似乎突破了这层烟霾，就像海湾中漂浮的水草漂离了特克斯岛[①]（Turk's Island），或者漂浮在巴哈马群岛[②]（the Bahamas）中间。当众鸟从树端上飞起来翱翔而去，它们就仿佛是一群飞鱼（flying fish），越过你乘坐的

①位于加勒比海西印度群岛中。
②大西洋沿岸的一个岛国，位于美国佛罗里达和古巴东部，包括大约 700 个岛屿和大量珊瑚礁。

汽船船头飞驰而过。此时，南方的空气轻轻飘浮着，正从这条充满神秘传奇的远海中的河里涌出，沿着我们的轮廓过于鲜明的山丘，一路飘浮成梦幻的薄雾。

明天，风会再度出现在西北方，在那因为覆盖着霜而显得一片灰白的原野上。早晨的太阳将闪烁起来，到了下午，蓝山[1]（Blue Hills）再也不会呈现出蓝色，却会因为那看得太清楚的胭脂栎上枯叶瑟瑟的鞣酸，从而呈现出褐色，也因为花岗石的尖角，从而呈现出灰色，在所有的梦幻都逃离的天空的映衬之下，显现出鲜明的轮廓。我们想过，夏天太漫长、太酷热，因此我们欢迎秋天的清脆感与活力，但今天，那种温暖仿佛带着一点点美好的青春回归，让我们再度激动起来。而我们就在那种温暖之中欢乐地走向外面，当暑热从褐色的原野闪烁起微光之际，我们向前推进，渴望再度把整个身心彻底地沐浴于其中。

似乎因为同样的愉悦，整个户外世界都充满了梦幻。冠蓝鸦（blue jay）拍动轻柔的翅膀，来回翻飞，它们平常发出的那种刺耳的喧哗声，此刻已经弱化成一种啁呀声，几乎令人感到亲切，置身于这样的声音中，你会认为自己听见了它们在春天做爱时发出的那种音调。它们对筑巢时期的天气感到熟悉，虽然那只需要一天的工夫，却也足以抚慰它们，让它们做出幸福的回应。这个早晨，一只知更鸟（robin）确信春天再度来临，便高高地栖息在

_____

[1] 位于美国马萨诸塞州诺福克县的自然保护区和州立公园。

我窗外的榆树（elm）上，就像它在 6 月时歌唱那样，声音洪亮地唱歌，向想象中来临的春天致意。一整天，在牧草地上和森林中，鸟儿们的鸣啭声都响个不停。

在夏天，大批鸣禽飞来拜访我们，其中只有一些留了下来。南迁的鸟类形成了巨大的浪潮掠过我们而去，然而今天，牧草地却响起了那些迟迟路过的莺类鸣禽发出的鸣啭声，一些莺甚至应和着沙沙作响的树叶的沙之舞开始伴奏，款款地低声吟唱。黄腰白喉林莺（myrtle warbler）置身于蜡杨梅（bayberry）那青灰色的、蜡一般的、芳香四溢的浆果中间，忙忙碌碌享用果实，而这些浆果是它们最喜爱的食物。这一年的浆果获得了大丰收，在牧草地的某些区域，它们密密匝匝地铺排着，把视野都染成了一派蓝色，我认为，黄腰白喉林莺会长久地逗留在这里，跟我们待在一起。确实，当蜡杨梅这种食物供应充足的时候，就会有报告声称这些黄腰白喉林莺整个冬天都会待在这里，躲避最恶劣、最凛冽的北风。

如果它们留下来，那么知更鸟也会跟它们在一起，因为雪松结出的浆果也获得了好收成。几乎所有的铅笔柏（red cedar）都结出了一些果实，在一些树上，浆果如此密集地簇拥着，以至于它们如今因为树液减少而呈现微微发黄的青绿色，随着一种迷人的蓝色完全放松下来。我并没指责知更鸟久久地逗留在雪松浆果附近，我本人就很喜欢这些浆果，尽管它们有点干燥，其甜味却令人愉快，而在那种甜味消失之后，你会感到口齿留香，而且那种芳香的味道会经久不散，最为诱人。

在我们的诺福克县[①]（Norfolk County），在一些沼泽中，沼泽白扁柏（swamp white cedar）如此密集地生长着，以至于人类几乎不可能穿过它们长出的幼苗而向前推进。确实，锐利的北风肯定能够把前进之路深深地切到这些树木的腹心，整个冬天，当这里的浆果很丰富的时候，你不仅可以找到知更鸟，还可以发现一只蓝鸲（bluebird），而且更为频繁地发现鹧鸪啄木鸟（partridge woodpecker）的身影。

在一两天之前，一场致命的严酷之霜才降临到我们这里，放在隐蔽处的温度计显示，气温在 2～4℃之间。如此低的气温使得葡萄叶片都枯萎了，还夺走了花园和原野上所有娇嫩、脆弱之物。对于漫长的秋夜，你会认为，这样的气温对于夏天那些脆弱的生物——蝴蝶，无疑会带来死亡。然而就在今天，我却意外地看见了一只帝王蝶（monarch）展开强劲有力的红色翅膀，在一棵大松树的顶端附近振翅翻飞，在离地大约 18 米的空中翩翩起舞，看起来它在饱含松脂的梢头觅食。

就在原野那边，一只黄粉蝶（sulphur）迅速掠过，它那飞行的方式显得很优雅，犹如一个活生生的、阳光的黄色斑点。几株斑白的秋麒麟草（goldenrod）和遭到霜降侵害的紫菀（aster），依然为了那只蝴蝶而柔弱地绽放。然而在沼泽中，金缕梅（witch-hazel）毫不泄气，扭曲它那黄色花瓣柔软的手指，散发出优雅的

---

① 美国马萨诸塞州的一个县。

芳香来款待那只蝴蝶。在俱乐部会所上面，一只猎人蝶（hunter's butterfly）和两种保护良好的小苎麻赤蛱蝶停留在木瓦上，它们在那里选择了暖和的地点晒太阳，把身子晾干。

尽管这一天具有夏天一般的特征，这些蝴蝶似乎也有点焦躁不安。它们不时围绕建筑物而热切地翻飞，恐怕还想尝试打开窗户的扣件，把脑袋探进缝隙，看起来，它们想不顾一切地进入建筑物。它们既在建筑物的阴暗面尝试，也在向阳面尝试，尽管我无法证明这并不是纯粹漫无目的的漫游，但在我看来，它们这么干的意图似乎已经很明确。我认为，小苎麻赤蛱蝶在找寻自己的掩蔽处，期望着这一天暴风雨来临之前的沉寂；我还认为，它们知道更寒冷的天气肯定会随之而来，尽管它们找到了掩蔽处，能在里面平安地度过最初袭来的寒流，但它们也唯恐接下来的情况会更糟，非自己所能抵抗，因此希望进入某一条靠近火炉烟囱的缝隙，在那里取暖、御寒，最终度过冬天。

一些蝴蝶，特别是荨麻蛱蝶（Antiopa vanessa），有时候会成功地抵御严寒，度过冬天，在2月温暖的日子里重新出现。在众多蝴蝶当中，或许蛱蝶的生存能力很强，特别能御寒。或许，它还拥有一种发现掩蔽处和安全处的特殊本领，我认为，两个小红蛱蝶（Pyrameis cardu）的例子也显示了本能的某些迹象。

后来，在下午十足的热气中，温度计停留在27℃左右，我伫立在一条南北走向的乡间路边，这条路笔直而漫长，伸向远方。此时，一只接一只帝王蝶沿着这条路飞翔，那样子看起来多么从容不迫，尽管如此，它们却在以每小时 10 ~ 13 公里的速度巡游。每一只蝴蝶都紧跟着前面那只蝴蝶，朝着南方进发，仿佛正在玩一场"追随你的领袖"那样的游戏。那个蝴蝶领袖是一只年长的蝴蝶，它以前就经历过飞往南方的漫漫长途吗？其他这些帝王蝶在这一年中成长起来，此时都紧随其后，它们能够安全地抵达目的地吗？

比我聪明的人可以回答这个问题，但是，如果他回答了，我就会问他，他究竟是如何知道的呢？

帝王蝶的另一个名字是 Anosia plexippus，整个夏天，这种蝴蝶都在这条道路附近振翅翻飞，从一个花丛翩然飞到另一个花丛，但绝不会飞到其通常的活动范围之外。3 天前的寒流可能削弱了它内心的原始本能，打发它踏上了南迁的旅途，正如这些小红蛱蝶在俱乐部会所附近振翅翻飞的本能——那里可能有能够掩蔽自己的地点，它们试图在其中安全地度过冬天。要不然，那强制的力量可能成为完全不同的东西。然而，谁又能真正知道呢？

沿着沼泽的边界，金缕梅正在把它那奇特而神秘的命运消耗殆尽。然而，并不是这个迟到的夏日才让它孕育出那芳香四溢的黄色花朵，它们正如 3 个夜晚之前那场致命的霜降一样展开。如今，金缕梅的坚果成熟了，那呈现出女巫面庞的外壳裂开，露出里面光滑的黑色果仁，其大小与苹果种子相仿，状若女巫那迷人的黑眼睛。

在所有这些坚果中间，生长着骨瘦如柴的花朵，花朵中散发出一种精致的芳香，那种芳香柔和而又脆弱，如同早春的花朵散发的芳香——那是一种优雅而悦人的香气，令人想起遥远的苹果花。

然而，在这个阳光明媚的日子，你可能不会探询这种气味，除非你把脸贴近那花朵，因为太阳的活力可以从所有较小的枯叶中汲取鞣酸的气味，直到整个世界似乎都变成了茶厂一般。在秋天的微风中，这些树叶发出沙沙声，那应该是东方生产的外衣拖曳时的噢噢声。斜视的人戴着金字塔形的帽子出现，开始收集它们，将其包装起来，塞进那有着奇异的铅笔痕迹的柜子，而那些痕迹就像是红翅黑鹂（red-winged blackbird）的蛋末端上的痕迹，对于我来说，我并不会为之而感到惊讶。

黑鹂本身就是一个披着伪装的东方神秘主义者，它用汉字把自己孩子的名字标注在每只蛋较大的一端上面。下一次，当你注视黑鹂巢穴的时候，如果你仔细审视，就会注意到情况是不是这样。

如果你想闻到金缕梅花朵的气味，那么你就必须赶在一夜阵雨之后的早晨前往沼泽。然后，枯叶的气味会从空气中全被阵雨荡涤干净，而当你沿着路径前行，这个季节最迟开放的花朵——金缕梅的花朵就会散发出芳香，那芳香微弱、诱人，美妙地飘过来迎接你的来临。

然而，在10月的第三周，尽管花朵日渐稀落，枯叶的刺激性气味在沼泽中到处弥漫，高地上的牧草地则散发出一种独属于自己的芳香，如此优雅而迷人。因此你困惑不已，会不由自主地寻找它的源头，你知道，在一年中的这个时候，其他开花的灌木丛、开花的纤细的藤蔓都不会留下来，顺着风而飘送香气。

这不是白松（white pine）发出的那种充满松脂味的芳香。这些树叶与去年的落叶一起，刚刚重新铺满了它们房子中的地板。新近的落叶并不含松脂，在林中，你几乎留意不到仲夏的太阳蒸馏出来的那种松脂气味，牧草地的雪松也不会感激。它们整洁、紧紧包裹的枝条在被擦伤时，会散发出一种树林的特别的气味。那并不是芳香，它仅仅是随着骚动而散发出来。柔和的南风并没把它的微粒带给你渴望的感官。

铁杉（hemlock）伫立在山丘的北边，美丽而又暗中忧郁，但没有发出气味。

早在我发现它之前，我就搜寻过牧草地，只是当时未能找到。我从白松下面出来，进入一片土壤较为贫瘠的开阔的林间空地，在那里，油松开始朝着山坡攀登，始终比在其他任何地方的似乎都要强壮。仿佛戴着玫瑰花冠的爱神和她所有的山林仙女都出现过，刚从芳香四溢的沐浴中走过就消失了。如果柔软的苔藓没有显露出那些优美的凉鞋留下的后跟印痕，那么我就不会看得更远。当所有的花朵枯死的时候，那些经过的山林仙女的外衣就不会把美妙的气味发散在林间空地上，这样的事情是可能的，跟这些气味应该宁静地飘浮在那里一样，这完全是可能的。我在油松中间驻足片刻，思考这件事，而就在此时，其中一棵油松把枝条末梢直接刺截到了我的脸上。

然后我就认为自己了解了。我想，同样的芳香从油松枝条中发散出来，确实更为强烈，稍稍包含着更多的松脂。6根细枝给每一根油松枝条的末梢加冕，其中一根如同大羽直立在中心，另外5

根则等距离地排列在它的底部，看上去有点像五角星的阵形。这些细枝就是来年会萌生出来的新苗，其形态自然还处于最初的发育阶段，但此时，它们都在小心翼翼地模仿着自己将要存在的那种状态。

那梗茎和叶片展现出旺盛的精力，翠绿得就像它们将再度呈现的绿色一样，我确实认为其颜色更为翠绿。这整件东西将成为长约30厘米的完美的嫩苗，以后会被压缩成一根长约2.5厘米的坚固的细枝。围住它的是一个含有纤维的外壳，这个外壳将其包裹起来，使其完全避开了寒意的侵扰。因此，不管天气有多么寒冷、凛冽，这些年轻嫩苗的生命都得到了这层包裹物最为小心翼翼的呵护，感到了暖意。但还不止于此：一层硬化的树脂会形成密封、防水的外衣，将其裹得严严实实，完成一种非常整洁、美观而又行之有效的封印。

油松的母树完成了自己的保护工作，如今休息下来，感到满足，满怀亲切、善良的意愿，朝整个世界散发出芳香。因为这种微微暗含松脂的芳香，根本就不是来自那枝条末梢被松脂覆盖的蓓蕾，这一点正如我最初所想的一样，相反，它是从整棵树上发散出来的。你可以割下一根枝条，把它带回家，如果你愿意，就从枝条上剥掉叶片和蓓蕾，然后嗅闻其木质——那种芳香就存在于那里。但是，相比其他任何地方，它似乎是从成熟的叶片中散发出来的，那些叶片承受过夏天的负担和暑热，如今在成熟之中渐渐丧失了原本浓郁的绿色，而那种成熟适合于它的整个成长，它良好地完成了生长任务。

随着秋天的力量逐渐增强，所有的常青植物都具有一种轻微的倾向，即朝着柔和的黄色转变。无疑，这是因为叶片中的树液不断衰减所致。整个冬天，它们都保存着树液，当春天来临它们再度欢呼雀跃，把它的活力源泉送回来的时候，它就会逐渐褪色，让叶片再度呈现出充满活力的绿意。

回家路上，再度越过林中空地，折下刺柏（juniper）的枝条，那上面点缀着蓝色的浆果。那些果实簇拥着，如此密密匝匝，以至于叶片好像几乎没有了生长的空间，在折下刺柏枝条的过程中，我偶然发现女神和她那曳地的裙裾留下的悦人气味的真实秘密。因为刺柏已经成熟的嫩枝和叶片会散发出一种芳香，而这种芳香比油松的芳香更为悦人，一如比那些被割下或擦伤的白松散发的强烈松香气味更悦人一样。

爱神经过的时候，她肯定对着这种较为谦卑的刺柏露出过微笑，这种灌木丛矮小、发育不良，肯定完全捕捉到了爱神眼中的目光所含的暖意，因为随着日子变短，刺柏舒适地伫立着，发散出那芳香的幸福，将女神的念头遣送给所有在那里经过的路人。在柔和的南风里，油松强烈的气味越过林中空地，穿过牧草地，一路前往很远的地方，但这仅仅是传播媒介。那优雅悦人的香气精华让你驻足、流连，仿佛有一只柔软的手落在你的手臂上，飘离这粗糙而谦卑的刺柏那充满了爱的心。

夏天回归的这一天，太阳固定不动地悬挂在天上，一种玫瑰花叶片的色调充斥着天空，燃烧，然后才化为灰烬——那秋天的薄暮凉爽而暗淡的灰烬。在这样的背景下，桦树的嫩枝形成了纤细的装饰线条，轮廓优美地伫立在那里。一些叶片依然依附在桦树上，自始至终沿着西边的天空而点缀，在显示模糊春季的烟霾中，迎着苍白的玫瑰色光亮而显露出黑色轮廓。在它的第二次童年中，这一年幸福地做着青春的梦而悄悄溜走，离开我们。8月的正午穿过油松丛，我们转到那位于桦树间的回家之路上，尽管10月的黄昏把它那凉爽的风轻轻滑落到我们的手中，但那也只是为了引导我们走向西边的地平线——在那里，春季好像依然充满渴望，等待着我们。

第 7 章　秋天逝去的时候

When Autumn Passes

随着那温和的光芒落在叶片上面，如果你凝神谛听，你就会听见它们发出的那种喳喳声——它们随之而离开枝头，悄然翻飞而下，飞向其冬天的长眠之处。在一个寂静的霜降的早晨，这些微弱的喳喳声就构成了一种无穷小的合唱。

昨夜，那些充满迷信的叶片被迫从家园的枝头上分离出来，在星期五开始了一场旅行，它们掠过之际敲击树木，从而希望改变自己的运气，因为种种预兆都显露出不祥的暗示。天上的盈月在东边的树林上面窥视，而树木侧首看着那轮月亮。因此，那些叶片在飘落中三度转身，它们依然是为了运气！

　　它们也怀疑自己被打发离开枝头，开始以13片为一批的集群飘落，一路寂寞地颤栗着飘向泥土。在地上，它们一群群地凑在一起，屏住气息聆听。其中的一片叶子不时看见幽灵，便发出沙沙声，把这一事实告知同伴，而那些叶片则开始以小小的恐怖的轻拍声讲起可怕的故事，直到全部叶片都犹如一群受惊之鸟飞升而起，在树干的后面和栅栏的角落颤栗着，乱挤成一堆。它们就那样大声疾呼，使夜晚显得格外奇异而怪诞。随着一小队一小队新的落叶飘零而下，那种对树木的敲击便产生出了一种木琴独奏曲的效果，那是小精灵在孤独、寂寞的树林中演奏的《扫罗》的《死亡进行曲》[①]（Dead March in Saul），而那些树木伫立着，缄默而悲伤，朝天空抬起光秃秃的手臂。

所有户外的人似乎都处于悲痛之中，而且多半成为迷信的牺牲品，因为狩猎月[②]（hunter's moon）的逝去标志着秋天的逝去。真的，在日历中，11月被认为是属于秋天的月份，可是我认为老农无疑对此更为了解，他不得不把一年划分为4个相等的部分，而且划分得相当出色。如果11月必须被归类——要么归入秋天，要么归入冬天，其实它更适于被划入秋天。尽管如此，它完全不应该被简单地归入秋、冬两季。

其实11月正如3月，也是独立的月份，这两个月份与前面逝去的季节的联系，只不过是最偶然的联系。一年最好划分为两个季节——一个是生长的季节，另一个则是休息的季节。11月和3月差不多就是这两个季节的中心点，正如他们在机械学中所说的一样，也正如他们在天文学中所说的星际空间一样：它们是两者之间的虚空。

这些敲打树木的叶片是最后从榆树上飘落下来的。本地的枫树和桦树的叶片早已飘零殆尽，光秃了，尽管一些寂静的桦树还保持着黄色的光晕，但其他很多桦树也早已光秃了。只有栎树还

---

① 德国古典音乐家韩德尔（1685—1759）的著名作品。
② 指最靠近秋分点的第一个满月。

扬起它们那再度传递阳光的浓郁的树冠，勇敢地抵抗，唯恐自己被包括到那种光秃景象的范围之内，直到那些在你和太阳之间形成直角的栎树如同火红宝石一般忽闪起来。

然而，当我说出这样的话语，森林中就只有我们美洲本土的树木真是这样展现出来的。在这一带，没有哪种外来树木似乎闪现着光辉而成熟起来，或者，似乎它们确实要去理解自己面临着什么样的冬天，且适时地为之而做好一切准备。我的花园中的紫丁香（purple lilac）树篱露出一种绿意，而那种绿意可能比它在夏天稍微更阴沉，但是，这些紫丁香中并没有成熟的暗示，它们也不曾丧失一片叶子。它们的木髓依然受到了考验，从而面对降临到这片大陆上的一个又一个冬天，而尽管在半个世纪的时光里，它们面临了新英格兰的寒意，却也依然不失在其出生地——波斯高地上的习性。

白丁香（white lilac）甚至没有那种暗绿色，却展现出一种温和的色差，那几乎就像是早春的颜色——早春时，它的叶片几乎还没有长到一半大。苹果树和梨树丧失了一些叶片，其他树则被我们所经历的霜降染成了褐色。但是，正如我们所知道的那样，这些留下来的树木都不曾显露出秋天的色彩，它们仅仅是变得暗淡、斑白。现在，挪威槭正露出一种青铜似的黄色，却依然勇敢地把握着自己的叶片，尽管在它们的故乡挪威，冬夜漫长而黑暗，而现在它们仿佛在回忆故乡的海岸被湾流沐浴，寒意迟迟才来临。我认为，如果那就是原因的话，那么所有从欧洲移植而来的乔木和灌木，尽管可能在这里生长了很长的时间，长久得足以适应这里的气候，但它们都不曾显露出我们本土乔木和灌木呈现的那种华丽、灿烂的色彩。

英国人原本对秋天的叶簇所呈现的光辉一无所知，直到他们来到美洲，亲眼看见了我们绚烂的秋色之后，才有所了解。然后，尽管你始终不能强迫他们去承认这一事实，但他们还是适时留下了深刻的印象。如果你愿意，你可以深入英国文学，去搜寻那些与秋色相关的散文和诗歌作品，而你丝毫不会发现它们涉及秋天所呈现的灿烂、华丽的红色和黄色，这是因为他们那里根本没有这样的色彩。汤姆森①（Thomson）在其诗作《四季》（*Seasons*）中提到秋天时，是这样说的：

……拥挤的树荫，幽暗、微暗。
从苍白、衰落的绿，到乌黑的每一种色调。

其实，英国诗人华兹华斯②（Wordsworth）应该出生在我们缅因州的坎伯兰县（Cumberland County），而不是出生在英格兰的坎伯兰县。他应该漫游过诸如威斯特曼斯菲尔德（West Mansfield）那样的地方，而不是去游历威斯特摩兰德

---

① 18 世纪苏格兰诗人、剧作家（1700—1748）。
② 英国浪漫主义诗人（1770—1850）、"湖畔派"的领袖人物。

（Westmoreland），那样的话，我们这里的秋天所呈现的那种浓郁的季节就可能在他的诗里开花结果了。我疑惑，英国人没有在他们的公园中种植我们这里的枫树和赤栎。守候 50 年或 100 年，看看这些树木是否会转变成英国习性并丧失原来灿烂、华丽的色调，而且，如果它们还保留了原来的色调，那么就看看某个英国诗人描绘时是否会应付自如，在辉煌的诗篇中让它们不朽、熠熠生辉——这将是一个很有趣的试验。

也许，这个试验会一败涂地。我们这些从英格兰那边被移民过来的美国男人和女人，如此之快就丧失了自己故土上的独特记忆，因而我们的身上潜藏着隐忧——这些树木也可能会遭受暗藏的枯萎病之苦。也许，有人已经用树木来进行过这样的试验，而去了解这样的事情，无疑会让人满怀兴致。

我认为，昨夜的那些树叶害怕在黑暗中回归泥土中的家，因为树叶很少习惯在夜间从树上分离、飘零。在寂静的夜晚，你可以在一棵枫树下扎营，那棵枫树上的叶片散发出红色光亮已经很久了，看起来准备好了要飘落而下，而你可能听不见落叶对着枝条发出的一丝招魂的声音。在早晨，白茫茫的霜可能把它们覆盖起来，但是等到升起的太阳触及它们，它们才会离开枝头，飘向那等待它们的泥土。然后，随着那温和的光芒洒落在它们上面，如果你凝神谛听，你就会听见它们发出的那种细微的喳喳声，随着这种声音，它们就离开了枝头，悄然翻飞而下，飘向其冬天的长眠之处。在一个寂静的霜降的早晨，当太阳初次触及树木，这些微弱的喳喳声就构成了一种无穷小的合唱，如同晨曦一样轻快、活泼。

而昨夜木琴奏出的幽灵进行曲，则大相径庭。在一个明亮、寂静的日子之后，那种声音就会随着一阵阵微微吹送的南风而翩翩来临——那种风吹在完成任务之际就渐渐消失了，让夜晚变得洁白，让盈月成为寂静的火种。一层白霜落到所有不曾急忙转入掩蔽处的叶片上面，把冰针刺满它们，直到它们变得易脆，然后那种微型的蹄盖蕨（ghost-fern）一直沿着它们的梗茎和上侧发出芽来。

就这样，它们赤裸着，直到夜晚的洁白暗淡成破晓之雾的灰白色，那种雾似乎在一个没有形状的虚空中撒播所有的生命。叶片一旦被彻底冻结之后，它们就会僵直起来，失去了柔性，再也不会在微风中翩翩起舞。冰晶的形成和融化分裂它们的细胞，让它们湿透，再也没有弹性。它们松弛、下垂，泥土的化学力量很快就开始对它们产生作用，将它们分解成盐和腐殖质，这些物质会到处传播，为来年生长和滋养新的叶片。

在10月最后的这些早晨，在这种经常迟迟地逗留到白天的白色浓雾之中，你看得见秋天的幽灵在冉冉上升。叶片跳起了幽灵舞蹈之后，昨夜因为霜降而无声无息，直到苍白的月光开始在西边那丝绒般的黑色中像垫子一样覆盖下来。虚假的黎明呈现出灰白色，遮蔽了东方低垂的群星的眨眼。

世界因为沉寂而成为空白。直到现在，无论夜晚多么黑暗、多么寂静，你都不得不在户外聆听大自然的脉搏那富有节奏的跳动，聆听血液穿过她的动脉而汹涌、歌唱。在黎明前那个最后的时辰，那脉动停止了，那血液停滞了。接着，外面的某个神灵把宇宙之镜紧贴在大地的嘴唇上，看看她是否仍在呼吸。起初，大地是清晰、晴朗的。

　　然后，从草甸的洼地中，白色的薄雾形成的小小幽灵颤栗着上升，其他幽灵则在猪猡一般的混乱中翩翩起舞，这样的情况正如磷火在两个月之前起舞一样。这些幽灵聚在一起颤栗，形成那柔软的灰白集群，遮住草甸和沼泽，而草甸和沼泽吸收它们，让它们麻木成一种白色的虚无。这既不是升起的潮汐，也不是生长，而是一种吸收。从我伫立的山顶上观看，尽管正在聚集的黑暗似乎是被突进的白昼聚拢到一起，我也能看见世界渐渐穿过混沌，溜回那星星闪烁的白色虚无之中。

　　在这样的早晨，即便是黎明的白色光芒穿过这种灰白的黑暗而过滤下来，并使得它的不透明呈现之后，世界处于被麻醉的状态之中。那锐利的霜带来的寒意忍耐到了雾霭来临，融合在这深化、密集的潮湿的寒意之中。这寒意仅仅触及表面，并没有渗透进去。也许，它会让你的手指感到麻木，让你的耳朵感到刺痛，然而，它把一种刺激赋予了血液，使得血液快乐地起舞，尽管天气寒冷，而你却是温暖的。雾霭的寒意在你的骨髓中产生作用，你的内心首先寒冷下去。

　　我认为，鸟儿们知道，就在前一夜，一片雾霭降临了下来，这样就让骨髓麻木了，把秋天所有的幽灵都包裹在其褶皱之中。

因为它们似乎在寻找那较近的掩蔽处，那些地方通常比在常青植物中心的掩蔽处更近，即便是在那寒冷、灰白的黎明之光过滤不透明的时候，鸟儿们也依然把脑袋插在翅膀下。在这样一个早晨，没有鸟鸣，甚至没有令人愉快的唧啾。鸟儿们都知道，如果它们要尝试去纵声歌唱，那么肯定会患上支气管炎。

此时，红松鼠的嗓音已经变得有点嘶哑，在这个季节更早的时候，它们就已经患上了轻微的支气管炎，而它们并不想让病情恶化，因此舒适地待着。如今，它们常常置身于一棵大桦树那紧密的枝条中，或者常常置身于一棵恰当地伫立在其他树木中间的大雪松上，构筑了自己过冬的巢穴，这样，它们就可能接近松鼠往来的大道。一些红松鼠置身于空洞的树干中，另一些则依然占据了乌鸦的巢穴，并以此为基础，在上面构筑起了一个圆顶。

无论它们的巢穴在哪里，其建筑材料和构造都相同——巢内壁非常柔软，犹如丝一般，从铅笔柏那松弛地悬垂着的外层树皮当中，它们选择了最精细的碎片来构成巢穴内部。同样以这种材料最粗糙的纤维来筑巢，让其一圈又一圈地缠绕起来，使得整个巢穴的外状若同圆球，大小与圆顶礼帽相仿，或者更大，巢穴之壁厚达好几厘米。巢穴入口是一个圆形洞孔，刚好适合苗条的松鼠从近便的枝条上挤进去。当松鼠钻进去之后，那富于弹性的铅笔柏纤维就会收缩回去，几乎将这个洞孔合拢，就像关上了门。如此一来，松鼠一家子就可以紧贴着身子舒适地睡在里面，躲过冬天最凛冽的寒流。

在一个明亮、结霜的早晨，一旦红松鼠能看见外面的情况，你就可以听到它长期尖声的赞歌，那声音穿过树林而到处回荡。接着，它就会机警地钻出来，活动一下身子。但在这样的早晨，如果寒冷的雾霭浓密地悬垂，我就绝不会听到它的任何声音，而我相当确信的是，在这样的时候，它正紧紧地贴近自己的一家子，舒适地蜷曲在那个温暖的巢穴中央。

晨曦艰难地突破这样一片辽阔、寒冷的云层，面对这样的情景，我们确实不会诚实地说是早晨破晓了。更确切地说，晨曦来临得如此缓慢，以至于如果你的衣兜里没有怀表，你就不会知道这个时辰是什么时候。不久之后，如果你仔细地观察东方，你就会惊讶地看见早晨的太阳呈现出苍白的形象，它在多么高的空中骑行。

在这样一个早晨，几片树叶飘落了下来。寒冷的湿气似乎复活了这些叶片正在衰落的活力，使得它们紧紧地依附在自己所在之处。也许，寒意含糊地提醒它们，让它们想起自己依然是来年叶芽的保护者——那些叶芽会依偎在大多数叶柄下面，如果叶片被撕得太快，那么它们就可能会受到伤害。饱含树脂的细小毛皮包裹着外衣，当然将它们包裹得严严实实，但我认为，正如叶片似乎会覆盖的那样，如果真有什么东西能渗透进这些巧妙地形成的遮盖物，那么那种东西一定是这样一片晨雾，它标记着 10 月的逝去。

但是，对于伫立在雾霭底部的我们来说，尽管那早晨的太阳幽灵般的形象显得苍白无力，感觉有些病恹恹，但它的运行确实也充满了活力，且富于侵略性。从一座很高的山丘上俯瞰它，我们就能看见它正把上部的表面撕碎成享用的早餐食物，并如此迅速地一路下去，因此在它的光线前面，雾霭的巨浪滚滚翻涌，如同芬迪湾①（Bay of Fundy）的潮汐那样退去。

早在上午 10 点之前，它就完成了就餐。从下面，雾霭似乎渐渐变得更加温暖，似乎被溶解在自己的湿气之中。雾霭开始在低地中颤栗着聚拢之前，那在脚下脆裂的霜如今在黄色太阳的照耀之下如同露水一般闪烁。接近中午，白昼渐渐温暖起来，我们满意地注意到这是一个多么完美的日子。可是，还没等到下午的一阵阵微风在树木间匆忙吹拂，叶片就再度开始翻飞、飘落了，湿气就再度从它们的叶柄中干涸了。那木琴独奏曲就再度敲响那小精灵的曲调，充满了节奏感，而那些叶片正朝着这种曲调而前进。

但如今，它们并没有在迷信的恐惧中颤栗着行进。相反，随着那种音乐响起轻快活泼的调子，它们开始沿路翩翩起舞，其中一些叶片独自跳起快步舞，而其他叶片则舒适惬意地跳起华尔兹。但到目前为止，更多的叶片最喜欢跳起那种交际性的方块舞，它们一群一群地踏着节拍，走向波特兰幻想舞（Portland Fancy）的旋转木马。正是在这样的情绪中，我们才最喜欢对它们告别。

---

① 位于加拿大东南海岸的大西洋海湾，是世界上潮汐落差最大的海湾区。

第 8 章　11 月树林观察记

November Woods

在这些愉快而清晰的 11 月的日子里、站在牧草地的小山上，越过灌木和树木顶端观望，你就会看见一年中最美的色彩在那里等着你的目光。而你原来认为的所有的色彩都到达了高潮，其实它们已经寂灭在秋天的记忆的死灰之中了。

11 月是大自然进行盘点的月份，此时大自然会中止她的劳动，远离她的作品，清点完万千之物，将其全部记录在名单上，然后才小心翼翼地放进冬天的仓库。到 10 月最后的日子，大自然的工厂尽管只是部分时间在运转，却也依然持续不停。而到了 12 月 1 日，她就把那些东西统统都贮存了起来。

　　11 月，是她清点完得失之物的月份，也是她因为账薄记录的情况而感到快乐或者郁闷的月份。在这些日子里，你大可无须望远镜，就可以清晰地看见你的宇宙的另一端，为什么这些日子会如此奇妙而清晰呢？在其中的一些日子里，大自然对于自己产生的成果而面露笑容，感到欣慰，我们说，那就是真正的小阳春①（Indian summer），她满意于自己完美而充足的产物。而在其他的日子里，

---

① 北美特别的天气现象，指深秋时节，在冬天来临之前，天气忽然回暖，宛若回到了温暖的夏天。

你会看见她的眼里充满云雨一般的泪水，有时候，来自东北方的暴风雨会展现完美的激情，遮蔽风景，把世界淹死在大雨的洪流之中。既然这样，她就会发现是某个特殊部门的工人偷了懒，或者是他们受到了某种不利条件的妨碍，导致产量不足。

在某些年份，要是坚果没有成熟，松鼠就必须迁移，要不然它们就得忍饥挨饿。在其他一些年份，持续的干旱使得高地的草丛如此干枯，使得来年的草丛可能不会像往常一样从根部发芽，而必须依靠播种来进行繁殖，但因为干旱，种子本身也很稀少，因此播种也成了问题。要不然过多的雨水会从天而降，在大地上如此泛滥，致使上千种沼泽和草甸的产物不幸都腐烂了，在整个范围都写上了"失败"的大字。

大自然的成功，绝不是轻而易举地就能成功的。她为一棵山胡桃树拟定了如此的计划，因此，如果所有在 5 月绽放的花朵要结出果实，那么树木坚韧的枝条早在成熟之前，就会随着沉甸甸的果实从其连接处被撕扯下来。在某些年份，由于暴风雨或霜降的肆虐，这棵树的总体收成就会大打折扣。尽管如此，这位资源丰富的母亲，在她注意到其胚胎死亡的那一刻，就会让树林发挥出一种精力更为旺盛的生长，这种生长可能甚于结果季节的生长。然后，尽管她可能在 11 月为丧失的果实而哭泣，但在她想到这棵树来年会拥有更多成熟的细枝来结出坚果的时候，却能透过泪水而露出微笑。要不然，这棵树就可能结出一千枚坚果，松鼠们会过于忙碌，而它们埋藏的坚果却不到十几枚。这棵山胡桃树的情况，也同样适用于植物界和动物界其他所有的生物。死悄悄地紧跟着生接踵而至，千百万个脆弱的生命在不知不觉中就成长为成熟的生命，对我们的目光致意。难怪在某些年份，11月是悲叹的月份，在日历上这个月过去了一半之前，大自然驱来12月的风暴，用飘雪展开的白色的宽恕遮蔽那份账单。

就这样，如此牢固地设定月份的边界线，还不及日历宣布的月份的边界线的一半。在某些年份，10月可能在一端，而12月则可能在另一端，与11月如此交叠，使得大自然几乎没有时间记录到账簿上。这一年，我认为11月比日历所演算的情况要早一两天来临，因为日历上10月最后的日子随着一阵彻底爆发的哭泣而渐渐寂灭下去。

即便是在大自然公平地拿出简册来记录之前，她也有一种对某种事物可怕的宠爱。我认为，她的悲伤肯定是因为在夏天和秋天那空前的干旱期间，人类粗心大意，不慎用火烧死了那么多林地生长物。因为在我看来，除此之外，这一年的工作似乎非常成功。野果多得不能再多了，只有在最干燥的高地牧草地，果实才会匮乏。在那里，果实看上去比平常的数量要多，但在某些情形之下，它们往往在成熟之前就萎缩了，干瘪了下去，根本不是果实。

这一年，栗子硕果累累，收成颇丰，山胡桃和榛子（hazelnut）的坚果也十分充足，面对丰收的景象，松鼠们露出了笑容，于是它们加班加点地工作，把那些坚果储存起来过冬。从6月让唐棣（shadbush）变成紫色的浆果，到那依然悬挂在林地树木枝头的野苹果，在光秃的树枝粗糙的装饰线条中间闪烁着浅黄色，产物丰富，使得那些松鼠安静、从容地采摘。从 5 月到 9 月底，我们几乎没有一个雨夜，更无一场粗野的风暴。所有这些树木的结果都依赖于风传送的花粉，而这些花粉可以飘浮在干燥的空气中，拥有完美的受精条件。因此，跟那些植物一起，无论是灌木还是树木，无论是一年生还是多年生的草本植物，都依赖昆虫来进行同样的授粉服务。由于雨水将会来临，因此必须要抓紧时间。

正如在植物界的情形一样，动物界也如此，尤其是那些在地面上筑巢的鸟儿。亲鸟小心翼翼地隐藏巢穴，从而让臭鼬（skunk）和狐狸或者喜欢劫掠的男孩都不能发现其踪影。面对 6 月迅速上涨的洪水，亲鸟则根本无法隐蔽巢穴，而这样的洪水往往会汹涌而来，淹死它的幼雏，或者冷却它所产下的蛋，使其无法孵化出幼雏来。就在孵化期间，漫长的大雨几乎可能消灭某些鸟类在一个季节里抚养的幼雏。最近我读过一份来自缅因州的报告，该报告声称，该州在这一年的鹧鸪数量异常丰富。报告还说，之所以会出现这样的情况，是因为几年前为数众多的鹧鸪天敌——刺猬（hedgehog）如今已大为减少，甚至稀缺。因此，刺猬就不再像以往那样大肆可以吃掉鹧鸪蛋，如此一来，鹧鸪的数量就得以大量增长。

缅因州的豪猪，通常被称为"刺猬"，尽管纯化论者谴责这样的称谓习惯，但人们还是这么叫它。别看豪猪体型不大，它却会咬掉你的独木舟短桨的把手，咬掉你的营地帐篷的地面，要不就咬掉你脚上的靴子。我敢说，在它那近视、笨拙的漫游中，只要它能碰巧遇到鹧鸪蛋，它都会来者不拒，统统将其吃掉。然而，我很怀疑的是，它是否真的吞食了很多鹧鸪蛋，从而使它需要为鹧鸪数量的稀少而负责。我相信，缅因州在这一年的鹧鸪数量之所以异常丰富，并不是因为豪猪的减少，而是因为从鹧鸪产下蛋到幼雏、再到羽毛丰满的这段时间里，天上不曾有过一片云，也没有下过一场渗透力十足的滂沱大雨。我知道，在这里的马萨诸塞，也发生过同样的事情，因而相比往常，在地面筑巢的鸟儿的幼雏就拥有了更多成长的机会。

这种情况适用于鹧鸪，因为鹧鸪并不是候鸟，也不是流浪者，这样的实用性环境就很恰当。鹧鸪依附于林地特殊的地域而生活，在那里被父母尽职尽责地抚养长大，那种忠诚度很容易阻止它一直长到精力充沛的老年。你可以用你尽可能发出的喧嚣把它从藏身之处赶出来。它也可以生机勃勃而又直率地离开，那样子似乎在证明自己拥有前往西雅图①（Seattle）的直达车票。然而，如果你悄然地坐在旁边，摆出一副可以轻易接近的姿势，你很快就会看见一片褐色的翅膀轻轻地拍击——那片翅膀又让它回来。它所前往之处并不远，就在邻近的一片浓密的松树掩蔽处，从那里，它会密切地监视周边的动静，直到它认为自己的回家之路很安全，才会动身归来。

我认为，同样的原因也适用于丘鹬（woodcock）。在这个秋天，

----

① 美国华盛顿州中西部的大城市。

我频频前往某些沼泽，那些沼泽中的丘鹬很多。即便是你没有看见它们的身影，你也通常能在沼泽中多沙的高地之处搜寻，通过在湿润、柔软的地面上数小圆洞的数量，从而了解它们生活的情况。在这里，这种鸟儿会猛然刺戳、捕食蚯蚓——这是其主要的食物。在我惊飞丘鹬的地点，尽管我常常会注意到有多个钻孔，但我也从来没能亲眼目击它们捕捉蚯蚓的场面。实际上，我无论怎样都从不曾看见一只活跃的丘鹬在地面上活动。

这种鸟儿具有如此特定的体格，因此我和其他掠夺性动物都无法这样做。它所频频前往的低矮的地面呈现微暗的褐色和黑色，而这种鸟儿的体色非常适合跟这样的色彩环境融合起来，很难被人发现。它无须到处觅食，它只是在摸索食物而已。在一块恰当地容纳蚯蚓的地面上，这种鸟儿只需伸出它那长长的、敏感的嘴喙进行探查，当触觉告诉它那里有蚯蚓，它就将其直接拉扯出来，大快朵颐。为了达成这一目的，它的嘴喙上部末端有些柔韧，因此在它摸索到蚯蚓的时候就会移动，以便将其夹住。

如果我们能看见丘鹬这样忙碌，那么我就认为我们准确地理解了它为何具有如此特殊的体格：它的眼睛位于脑袋上如此靠后之处，使得它呈现出一种怪诞的外貌。但是，就是在这个事实中，存在着有关它自身的安全的一大要素：在丘鹬进食的时候，那些伺机捕猎丘鹬的天敌可能不会成功，因为丘鹬的鼻子可能深深地插在泥淖中探索食物，但它脑袋上荒诞地远远靠后的眼睛，却正好适合看见正在发生的一切，如果附近哪怕只有最轻微的危险暗示，它都会骤然展翅，径直飞到空中，迅速逃之夭夭。

一些丘鹬猎人声称，丘鹬起飞的速度如此迅疾，以至于直到这种鸟儿抵达 1.2 ~ 1.4 米的高度时才会显出身形。我比较相信他们所说的话，因为一只被惊飞的鸟儿可能就在我的鼻子前面起飞，但在它抵达我肩膀高之处的时候，我才会看见它的身形。在这样的飞行中，它的翅膀的划动如此强劲有力，以至于那僵硬的翅膀羽毛会发出一种尖锐的啸声，而这种声音是丘鹬所特有的。尽管如此，这种努力似乎在大量减慢了其飞行速度，因为在它完全飞起来之后，其飞行似乎就变得相当缓慢而笨拙了。丘鹬的例子与鹧鸪的例子完全一样：无雨的春天和初夏，似乎给予了这些鸟儿大好的机会，让其幼雏的羽毛完全丰满，一直到成熟，最终从巢穴中飞走。

因此，在牧草地和林地查看这些收获与聚拢的结果，我无法查明大自然会泪水涟涟，或者对着她那忙碌的季节大发脾气的原因。在我看来，这些事情似乎处于普通情况之外，我期望有一个明亮而阳光明媚的 11 月，因为在此期间，大自然会露出欢乐的外貌，兴高采烈地计算出其产品的总数。

对于那些被成功地抚养长大的幼雏的记录，是动物界在生长季节展示其体系的成功的一面。但是，坚果和水果还有成熟的种子，仅仅是乔木和灌木作品的一部分。它们始终都在忙碌地产生那种高约 60 厘米或更低矮的木本植物，种子的生长和成熟始终都在进行着，应该注意有一种更深远而且非常重要的劳动，那就是来年蓓蕾的产生。这并不是偶然发生的事情，也不会留到其他事情干预的时候，才得以小心翼翼地开始，才得以耐心地继续坚持下去，穿越夏天、早秋，那时这一切都大功告成。

叶片的飘零，还有成熟的果实坠落，都展现出这些对未来叶簇和花朵初次显现出来的希望。在这些愉快而清晰的 11 月的日子里，站在牧草地的小山上，越过灌木和树木顶端观望，你就会看见一年中最美的色彩在那里等着你的目光。而你原来认为的所有的色彩都到达了高潮，其实它们已经寂灭在秋天的记忆的死灰之中了。在枫树生机勃勃的年轻枝条中，在一根根细枝上，柔软而凉爽得难以置信的灰色温暖成柔弱的红色，而来年的蓓蕾将会舒适地栖息在那些细枝上。

这一年，所有伞房花越橘（swamp blueberry）丛也在这里，其嫩苗完全呈现出宁静的绿色，但这些嫩苗的枝梢也成熟为红色。与此同时，在更高的地面上，黑越橘（black huckleberry）和桦树露出了同样的色彩，直到风景带着一种温暖而可爱的光亮从你身边消散，那种光亮会接受风的啃咬。面对这些事物，无论将要来临的积雪有多深，无论温度计中的水银下降得有多低，你也知道牧草地不可能寒冷。当冬天降临到这块覆盖所有光秃的乔木和灌木的温暖的红毯上，其色调都会加深，随着春天最初的诺言而涌动成一种生动的粉红色，随着霜降逝去，随着 4 月最初的柔雨来临，那种紫色再度融入嫩绿色。在这里，有这一年的另一半收获——那是一种并非结果而是诺言的收获。在那让我们得以实现的收获中，户外世界催熟了希望。

直到你践踏在它们中间，测试它们的生殖力和完美度的时候，你才可能知道这些蓓蕾多么充满希望，多么充满成熟的活力。这里还生长着一簇簇杜鹃花（azalea），它们那粉红色的细枝末梢长满了绿色蓓蕾，那些蓓蕾膨胀、柔和，大小与你的小指尖相仿。等到杜鹃花叶片开始飘零，人们才认为自从去年7月它那芳香浓郁的白色花朵飘零以来，它就无所不能。这里还留有它的劳动和某些的证据。在这些蓓蕾的心中，包含着来年7月的蓓蕾，它们真的很微小，但在每一次约会中都很完美。

它们的周围环绕着绿色的嫩叶，已经呈现出了栩栩如生的色彩，两者都只是在等待春天的树液激发出神秘的力量，将其推向成熟，把柔和的绿色许诺给叶片，把栩栩如生的白色许诺给花朵，因为甜蜜而具有黏性，还散发出值得我们赞赏的芳香。如果你剥开一枚较大的杜鹃花蕾，你就会轻而易举地看见这一切，而每当你这么做，你就会被芳香的幽灵缠住，就有待那浓郁的气味散发出一种无穷小的微弱的诺言。

因此，在所有的乔木和灌木上，大大小小的蓓蕾都在到处点缀。每个蓓蕾十分饱满，在春天的太阳逐渐增长的温暖中，它们暗中等待着火柴的触及，接着燃烧起来。然后，一年一度的爆发将会来临。在这些来年的蓓蕾的诺言中，很难说哪一个诺言最富于生机勃勃，然而我在大体上这么认为，我会把这种奖励给予松树苗。因为在这个季节里，这些树苗的每一根中央嫩苗都会向上生长出大约38~76厘米，横向长出四五根枝条。然而，每一棵幼树都拥有为此而准备的 8~12 个蓓蕾，而且至少有两个中心——因为它们体型更大，伫立得也更挺直，你很容易就把它们辨认出来。其中一个中心将开始生长，继续成为树木的主干；另一个中心则会停滞、退却，在竞争中失败，最终成为一根横向枝条。然而，正如常常发生的那样，如果中央的那根嫩苗丧失了能力，那么下一根最为强劲的嫩苗便会迅速成长起来，取而代之，如此这般。如果需要的话，直到那 12 枚蓓蕾中的最后一枚进入了领导者的位置，它就会成为新的领袖。

有时候，这种情况很少发生于白松身上，却频繁地发生于枞树和云杉身上：两根嫩苗都会带着相同的力量，来竞争这个领袖的地位，于是你就拥有了一棵具有两个树冠的树。尽管如此，更经常发生的情况是，其中一根嫩苗通常会在竞争中失败，而另一个更强者则会生机勃发，遥遥领先。

因此，在这些热情的 11 月的日子里走向户外，面对那被剥夺了夏天魅力和秋天果实的光辉世界，我们绝不会把它视为一种将要被哀悼和埋葬的死气沉沉、毫无生气之物。相反，对于那被叶片和果实的消逝所剥光的生命的骚动，我们应该感到惊讶，感到愉快。林地更加美丽，牧草地比以往任何时候都更加迷人。如此没有装饰的原始之美得到了最大程度的装饰，我们为那将要存在的一年的诺言感到欢乐，在这样的欢乐中，我们全然忘记了为这一年植物生长的停息感到悲哀。

第 9 章　冬天的鸟巢

Winter Birds'–Nesting

牛鹂特别喜欢把自己的蛋产在黄林莺的巢穴中，因为其颜色与黄林莺的蛋相仿，这种欺骗行为不容易被察觉。当牛鹂的雏鸟被孵化出来，其体型比黄林莺雏鸟要大、要强得多，因此它就总是抢食，致使黄林莺雏鸟被活活饿死……

昨夜，雾霭把世界笼罩得一派柔和。在公墓山（Cemetery Hill）的陡坡上，你眺望那无限延伸的远方。一条又一条地平线在伙伴的肩头上隐隐呈现，那些状若灰色帷幕的山丘升起来，一一朝远处延伸，踮起脚尖轻轻走近更远处的世界，那脚步很轻柔，轻柔得让你根本无法辨别大地在哪里结束，天空从哪里开始。

风景犹如年长的圣人经过这个世界，进入下一个世界，你几乎无法辨别此时究竟是何时，你仅仅是充满敬畏，被那种前行的、柔和的宁静所抚慰。在接踵而至的静息中，那柔和的蓝色雾霭将它们的垂幔变成了黑色，戴着孝，哀悼那薄暮圣人的消逝，就这样，夜晚静悄悄地降临了。

就在这个山顶上，去年的夏夜充满了形形色色的声音。上百万只昆虫叽叽喳喳地歌唱，雨蛙（tree toad）发出颤音，多情的蛤蟆沿着下面的沼泽边缘自始至终吹奏着风笛，而在更深的水域中，上千只青蛙发出那带着喉音的和谐声，相互叫喊。一只小角鸮（screech owl）常常栖息在松林的角落，对自己哀鸣，直到深夜才作罢。到处都有在睡梦中翻身的鸣禽，它们偶尔会发出一个圆润的音符。一只浣熊（coon）会嘶叫，要不然一只狐狸会狂吠，还有很多你无法确定其来源的别的声音。在这一年正盛的时候，沿着这座山丘的陡坡，那些在石板墓碑下安详等待的祖先，就拥有了众多惬意的伙伴。现在，他们的夜晚沉寂得如同世界死了一样，陪伴他们的雾霭幽灵显得微弱、缥缈，跟他们自己的幽灵并无二致。

这样一个夜晚之后，早晨并非从上面破晓，而是从下面生长出来。它犹如一场柔和的潮汐从大地中涨起来，仿佛昨夜睡在它里面的雾霭，就是所有已经起来的生物当中的最早者，使得万物再度显出一片灰白。这些雾霭踮起脚尖，将它们的外衣纠缠在树木上和屋顶上，直到它们因此而不慎失足滑倒，逐渐进入上层空间，在那里，它们那被剥光衣服的灵魂就变成了晨曦。它们的外衣仍然依附在万物上面，犹如留下来的白霜。

那就是这个早晨显现的方式。所有的树木都拥有无限优美的白色嫩叶，还拥有那对于诺言并不真实的花朵的幽灵。我最好称之为回忆。希望几乎没有触及那里最早的光芒，那只是白色而精致的回忆。然后，随着回忆太阳，只有对太阳本身的念头不会长久地来临，穿过这些白色的外衣，一种微弱的乳白光喷涌而来，一种你摸到而不是看到的彩虹色的存在，直到我不曾朝东方观望，就知道黎明从大地中升起来，升上高空，这个奇迹就完成了。

从晨曦的诞生所呈现的这一奇迹中，有两件令人愉快的事物来临。一件是红日，它在松树间精力充沛地窥视进来，用它的光亮给松树的掩蔽处增添温暖；另一件则是小精灵的喇叭所预报的一种快乐陪伴的欢闹——一群山雀飞来享用早餐，而五子雀（nuthatch）跟它们在一起觅食，我认为没有人见过五子雀吹奏的喇叭，但在一年中的这个时候，它那细小的、铁皮般的嘟嘟声时时响起，成了松林中一种熟悉的声音。

如果这支仙女管弦乐队中的某个小仙子，从持续到早晨鱼肚白的那场饮宴上匆忙归来，并没将那喇叭扔掉，那么我就无法辨别五子雀究竟是在哪里将它捡拾起来的。它的音符听起来像鸟儿，当然更像小精灵，似乎始终给这个日子增添了一些浪漫的神秘。

对于鸟类筑巢，11月的早晨无疑是非常美好的。在6月，如果你愿意，你可以去探寻鸟巢，但你不会发现很多。那时，你忙碌一天所发现的鸟巢数量，仅仅是我现在几乎一瞥就能发现的鸟巢的一半。顺着溪流而下，有一个簇拥着桤木（alder）、接骨木（elder）、马利筋（milkweed）和斑茎泽兰（joe-pye weed）的小岛，不仅如此，那个小岛还戴着铁线莲（virgin's bower）的花环，去年夏天的很多时间里，我都拜访过那里，观察那些围绕着它而骚动的昆虫。每一天，一个马利筋花坛都会成为忙碌、热闹的国际性的社区，昆虫来来往往，不绝如缕。

在7月，正当我伫立在那里观察这样的情况，就在我的肘边，隐藏着一个黑鹂（blackbird）的巢穴，我平常肯定不止一次轻轻掠过它却不曾发现，直到今天才看见了它的存在。当然，在我前往那里的时候，那些黑鹂幼雏都早已长大，离开了巢穴，因为这些鸟儿的筑巢、产卵的季节很短。到了7月，幼雏就随着群体而四处飞翔，正在学着唱"特奇克、特奇克、康卡瑞"那样的歌词，如果巢穴中有幼雏或鸟蛋，亲鸟就会发出忧伤的鸣叫，向我警告不要接近其巢穴。而如今，那个巢穴缺乏那样的声音，而且安置得多么巧妙，既安全又隐蔽，直到层层叶片飘零、消失之后，它才从树上暴露出来，我也才注意到它的存在。

3米开外，有另一个巢穴，而那不过是第一个巢穴的复制品。在黑鹂中间，良好的筑巢方式只有一种得到了公认：巢穴很深，用粗糙的草丝松散地编织而成，里面铺垫着更精细的草丝。今天，站在这个小岛上，我禁不住看见这两个我以前就多次经过却从未能发现的巢穴，因为6月是一年中寻找鸟巢的时候，而现在是发现鸟巢的时候。

在6月，鸟儿们可以给予你不该去搜寻其巢穴的很多理由，我确实认为，它们这样做是正确的。看着一窝幼雏，亲鸟在周围热切地振翅翻飞，我就始终像我认为的那样，琢磨自己是否应该进入一个我并不熟悉的镇子，到处走动、探寻，透过人们房子的育婴室窗户而窥视里面。我的动机也许是世界上最美好的，我可能出于科学目的而研究雏鸟和人类家庭的巢穴，实际上，我可能是一个真正的"友好来访者"。但是，如果我没有受到怀疑，没有成为讨厌的对象而最终被送上治安法庭，那我就已经是很幸运的了。

要是人类过于频繁地巡视某些鸟巢和鸟蛋，就会导致鸟儿被迫放弃巢穴，那些站在旁边待机的亲鸟，无疑会怀着如此明显的忧伤、如此决绝的意图来这样干，使得我们在最短暂的可能满意的巡视之后，应该为自己的入侵而道歉并走开。很多鸟儿甚至会尝试采取精力非常旺盛的手段，来加速对巢穴的离弃。

现在，这样的异议尚未存在。这一年的巢穴中没有鸟儿，你可以收集它们，或至少可以在不危害鸟儿的情况下，带着解析性的情绪把它们取下来。溪流下游，在距离我发现的第二个黑鹂巢穴3米之处，还有一个猫鹊（catbird）巢穴。猫鹊构筑的巢穴明显要好于黑鹂巢穴，至少强度更大。在冬天结束之前，黑鹂巢穴的构造会被疾风吹破、吹走，要不就是被雨水或积雪冲回到大地上，而猫鹊巢穴则不会。

猫鹊的巢穴无疑会坚持到来年秋天，有时候，你可以在来年的灌木丛中看见它的残余部分。由于猫鹊的建筑材料在质量上更粗糙，其巢穴的基础常常是由野葡萄藤柔韧的细枝或粗糙的树皮构成的，因此更为坚韧牢固，尽管展现在我面前的这个巢穴，正如我所描写的那样——去年夏天，当我从这个小岛的水畔经过它的时候，我也未能看见它。它用长长的、粗糙的草丝松散地编织成了基础结构，然后，在这个松散、粗糙的杯状物里面，有一层前一年就干枯了的栎树叶，其质地粗糙，这就使得整个构造的底部可以防风。然后是一层黑色根须，其质地精细，我认为是桤木的根须，是构筑者从水流将其冲刷得光秃的地方取来的。然后是更多的栎树叶，最后是一层更为精细的黑色根须构成的衬里，就像巢穴下面那层已经使用过的根须一样，这些根须也采自同样的地方。

这个巢穴在整体上坚固、卫生、防风，也很透气，尽管其深度不及黑鹂的巢穴，却充分形成了一个杯状，从而能安全地容纳幼雏。你仅仅一脚，就会把黑鹂的巢穴踢蹋成一把散落的稻草；而在牧草地上，你可以到处踢蹋猫鹊的巢穴，但我相当确信，其内部构造依然会保持较为完好的交织状态。

我认为，两者之间差异的原因是这样形成的：尽管两者常常构筑在水面上以及相似的位置，但黑鹂在一个季节只孵化一窝幼雏，因此即便是较为脆弱的巢穴也能承担这一任务。而猫鹊还在准备孵化第二窝幼雏之前，就让第一窝已经成长起来的雏鸟离开了巢穴，各自谋生而去。因此这种能够连续承受两窝喧闹、骚动的幼雏的巢穴，即便是稍做修补，其质地也肯定相当坚固。

猫鹊巢穴的强度常常适合于另一种用途，尽管我怀疑构筑者在计划和构筑巢穴时，是否真的考虑了那种用途。在沿着溪流一字排开的 6 个巢穴中，既然它们完全暴露在视线之中，我发现其中的一个巢穴里面塞满了野樱桃核。显然，一只田鼠（field mouse）窃取了这个巢穴，将其作为自己秋天的仓库，或许田鼠还在做这样的打算——在天气变得过于寒冷之前，给这个巢穴的上面覆盖一个柔软的草编织的圆顶，田鼠的这项工作与红松鼠的工作相比差别不大，只是跟红松鼠的巢穴相比，田鼠的巢穴仅仅是在尺度上要小一些。

在溪流更远处的下游，是牧草地的一个崎岖不平的区域，那里荆棘丛生，却又因为到处生长着小檗果（barberry）而显得十分美丽，那就是我附近地区的黄林莺（yellow warbler）选择的栖息地。黄林莺始终在这里的小檗果丛中筑巢，而在其他任何地方或其他灌木丛中，我都不曾发现过它们的身影。在5月下旬，当牧草地铺满叶簇，要发现它们并不那么困难，因为你只需从一丛小檗走到另一丛小檗，你就能成功地找到它们的所在。然而，黄林莺是一种胆怯的鸟儿，最好不要去过于打扰它们的生活。我知道，如果人类过于频繁地拜访它们的巢穴，它们会被迫放弃自己的巢穴和其中的蛋。

　　现在是搜寻它们最佳的时刻，此时你只需伫立在一座小丘上观察，然后无须刺激任何人的感情，就可以摘下你喜欢的空巢带回家。黄林莺的父母似乎极度喜爱肉桂蕨（cinnamon fern）嫩苗上的那种纤弱的软毛，在它开始筑巢的时候，这些嫩苗也刚好准备脱掉这层精致的外衣，于是就为这种鸟儿提供了上好的筑巢材料。而实际上，黄林莺巢穴的配色方案也让人惊叹，堪称完美无瑕。

　　当筑巢完成的时候，巢穴就成了一首浅黄色和银灰色的交响曲，这些色彩朝着黄林莺身体下部那种浅黄褐色的格调渐变，难以察觉，看上去仿佛被剩余的羽毛的那种鲜黄色用阳光的闪烁点燃了一般。然而，这种鲜黄色具有浅绿的色调，在小檗果嫩苗的嫩绿色中得以加深，与此同时，那种黄色本身再度被复制在花朵上。难怪这种可爱的小鸣禽喜爱在小檗丛中筑巢，看来，在这同一种灌木中，它不仅找到了庇护之处，也找到了令它满足的配色方案，呈现出美感。

巢穴的银灰色，其实是马利筋那精美、丝绸般柔滑、布满纤维的内皮呈现出来的，在筑巢季节，这种植物去年留下的梗茎恰好被疾风和暴风雨及时撕成了碎片。对于这些在小檗丛中筑巢的黄林莺，我不断熟悉它们，时间长达 25 年，尽管它们有时会采用毛虫的丝来使得蕨类植物的细毛更具粘合力，还把一些马鬃和柔软的羽毛当作内壁，但除此之外，它们似乎很少关心其他建筑材料。

然而，尽管这些巢穴在构筑材料上没有变化，它们在其他方面则显得形形色色、各式各样。一些巢穴编织得如此牢固，所用材料一层层包裹得如此结实，从而可以挑战一两个冬天的风暴冲击；其他巢穴则如此脆弱，每当落叶飘零的时候，你几乎很难发现它们的踪影了。也许，这些微小的巢穴是由那些前一年的鸟儿所构筑的，当时它们还是雏鸟，尚未完全学会筑巢艺术，因此所筑的巢穴十分简陋。

我曾经发现过一个巢穴，其构筑者的技能确实堪称娴熟，让人惊叹。这个巢穴并没有采用通常的筑巢方法，被置于枝丫的分叉处，也不曾用蕨类植物的绒线编织在一个细枝之间的纤维网络之内，相反，构筑者大胆地开启了一种新的建筑结构。也许前一年它们与一只莺雀（vireo）为邻，因此不管怎样，它们都采用了莺雀惯用的那种设计，以此构筑了一个黄林莺的巢穴，将其悬挂在一根几近水平的小檗枝丫上。就这样，它采用莺雀的风格，却又采用黄林莺的材料，完成了一个精美、牢固而又悬垂的巢穴，我从未见过其他构筑者构建出这样的巢穴，并且，发现了它们能这样构筑，我不确定它们是否放弃了以前的那种家庭风格的类型，也不确定这个巢穴的主人是否发生了什么事情，使得林莺的世界失去了正在崭露头角的天才。

我只发现过另一个巢穴似乎完全超出常态，这个巢穴不像那种悬挂的巢穴，这种异常性似乎具有非常明确的理由。跟所有其他林莺的巢穴相比，其容纳鸟蛋和幼雏的核心部分并无二致，但让我感到惊讶的是其基础的深度和牢固程度：其基础被构筑到了普通黄林莺巢穴的高度，巢穴的真正部分才开始展现，因为雏鸟飞走了，这个巢穴空空如也，我就将其摘下来带回家，进行解剖。

然后，这个巢穴的构造揭示了一桩谋杀案。原来，这个构造之所以被增加到超常的高度，是因为它要避开牛鹂（cowbird）的邪恶行径——牛鹂喜欢把自己的蛋产在那些比自己的体型要小的鸟儿的巢穴中，并让其留在那里孵化。相对来说，它特别喜欢黄林莺的巢穴，因为巢穴中的黄林莺的蛋尽管要小一些，但在颜色上与牛鹂的蛋十分相似，牛鹂实施的欺骗行为就不容易被察觉。当牛鹂的雏鸟被孵化出来，其体型比黄林莺的雏鸟要大、要强得多，因此它就总是抢食，致使黄林莺的雏鸟被活活饿死，或者它会将那些合法的雏鸟赶出巢穴。总之，这些筑巢者也够愚蠢的了，还把这个进行谋杀的丑陋雏鸟抚养大，这样就使得牛鹂永远延续了子孙。也许，这些黄林莺都有过一次这样的经历。

尽管如此，这些受害的鸟儿一旦在自己的巢穴中发现牛鹂的蛋，它们就会迅速采取行动：用蕨类植物的绒毛和纤维覆盖在那枚牛鹂蛋上面，相应筑高巢穴的侧边，继续自己的家庭生活。在我带回来的这个超高的巢穴中，就有它们在遇到这样的紧急情况时采取那种行动的证据。我认为，这些鸟儿本身相对弱小，不可能抬起牛鹂的蛋，从巢穴侧边推出去，让其掉到地面上，这原本是清除牛鹂蛋最快捷的方式。黄林莺的巢穴顶部有点"向内弯曲"，就像游艇的船壳那样，我并不认为它们纤细的爪子能够抓起牛鹂的蛋，推着其翻越那个唇缘，将其扔出去。相反，它们干了自己力所能及的事情——将入侵的牛鹂蛋囚禁在它所无法孵化之处。

在这个巢穴的底部，我发现了那枚牛鹂蛋，它已然腐坏，内部几近干枯，我为之欣喜。牛鹂毕竟是见异思迁的荡妇，常常把自己的孩子遗弃在别人的家门口。它所有的蛋都应该被放进馅饼。自从家麻雀（English sparrow）变得如此丰富，牛鹂就逐渐显示出了一种明确的偏爱——喜欢把自己的儿女遗弃到家麻雀的巢穴之中。去年春天，一只家麻雀就在我的前门上面筑巢，结果在这个巢穴里面，我发现了一枚牛鹂蛋与家麻雀的蛋混在一起。如果牛鹂必须要以这种邪恶的方式来行事，那么发现它们选择家麻雀来作为自己欺骗、愚弄的对象，就不那么坏了，因为家麻雀本身也不是什么好东西。其中令人惊讶的事情，就是发现牛鹂有足够的勇气在家麻雀的门廊下溜进去，干那件不齿的事情。

我要观察一只牛鹂雏鸟在一窝家麻雀雏鸟中间长大。黄林莺柔弱的雏鸟没有展现这样的事情，但是我知道，牛鹂在这里会棋逢对手，在拔河比赛之后，牛鹂会置身于那些没有出场的鸟类当中。也许，这两种鸟儿都会在争吵中暴躁，而我们大多数爱鸟者都不会对此咕哝抱怨。

第 10 章　我的乌鸦朋友

Some Crows I Have Known

大约在 9 月 1 日，王霸鹞就会离开我们飞往南方，但我相当清楚，就在那一年，这对王霸鹞耽搁了好些日子，才迟迟启程南迁，对于我收养的那只没有牙齿的老乌鸦，它们不得不放弃其日常施以的折磨，它们为此而恨之入骨。

去年6月的早晨，知更鸟在我们周围吹奏出震耳欲聋的合唱，如今它们已经置身于佛罗里达了。在那里的湿地周围聚集成巨大的群体而盘旋，用冬青（holly）的浆果来填充它们的嗉囊，练习春天的歌，也许在槲寄生（mistletoe）的粗枝那蜡一般的阴影中，稍微练习怎样在春天调情，振作起过圣诞节的精神。

　　然而，这并不是它们的全部成员。在昨天的日落时分，我听说一只知更鸟离群索居，不曾加入那个拥有无数成员的群体。相反，它在新英格兰独自游荡，获得自己的圣诞之餐，在这里，它的冬青是结满红色浆果的桤木，它的槲寄生是黑色而不是白色的，上面簇拥着鼠李（buckthorn）的果实。就像它那些远在1600公里之外的伙伴一样，它也唱着一曲隐约的冬天之歌，而那支歌犹如它在夏天唱起的欢乐之歌的回音，的确是狂欢、轻松愉快的曲调，却并不那么热忱。在我们涉足的深深的松林中，薄暮让那些生长物显得幽暗，尽管 11 月的日落火焰在天上赤红而愤怒地燃烧，对于眼睛，它们也仅仅温暖了小树丛。与此同时，那整天都用云朵使得天空蓬乱的锐利的北风，似乎在那里寻找掩蔽处，跟我们待在一起。北风也呼啸着如此锐利的嘶嘶声，使得那从山坡上传来的栎树叶微弱的沙沙声，听起来就像是牙齿的打颤声。

知更鸟低吟微弱的歌声，可能成了对自己命运的一种满足，或者是对它尽可能接受的、怜悯的一种赞美，但是，在那种光芒和那种刺骨的空气中，它的声音传得很远，就像夜里的男孩在漫长而孤独的路上吹起呼哨，让自己鼓起勇气。然后，那支歌在它的喉咙里渐渐消失，因为剪影般的黑色翅膀迅速越过西边汹涌的深红色，一对乌鸦歇落在更高的浓密的松树粗枝间，栖息在那里过夜。

那只知更鸟有些歇斯底里，咕哝着"嘘、嘘"的声音，悄悄溜到开阔的牧草地边缘，在一棵树低矮的粗枝和更为浓密的阴影中，寻找更安全的掩蔽处。无疑，它认出了乌鸦——自己族类中世世代代的敌人，尽管它坚强得足以挑战北方的冬天，但在这些无情的荒野劫掠者强有力的黑色嘴喙前面，它也不愿去冒险。它这样做是正确的。乌鸦很少吃掉成年知更鸟，因为它们根本无法捕捉到，但那些柔弱的、羽毛尚未丰满的雏知更鸟，它们则成了很多乌鸦狂欢食物的来源。

乌鸦曾经有一次这样的狂欢，我至今还记忆犹新。那是在 5 月下旬，苹果花的芳香弥漫着整个果园，令人愉快，当时正值知更鸟在早晨和傍晚用歌声充满果园的时候——它们为每一片云而歌唱，飞越天空，在十足的阳光下不时吹奏出笛音。难以辨别它们究竟是怎样找到时间来实施这所有的欢乐的，因为当时它们的每一个巢穴都挤满了幼雏，而每一天，那些幼雏都要吃掉几乎相当于和自己体重一样重的食物，因此这些知更鸟父母不得不飞来飞去，为孩子们忙碌地觅食。

有一天，知更鸟的曲调突然改变了。在一次林地旅行中，我进入了最遥远的角落，从某些古老的、被忽视的树上——知更鸟总是喜欢在那样的树上簇拥着三四个巢穴，我听见知更鸟的整个合唱都充满了愤怒、惊慌和疯狂的尖叫。走近之后，我能听见乌鸦用喉咙发出的那种低低的声音，食尸鬼似的呱呱叫着。乌鸦有一种语言，不是以准确的话语而是以音调变化来传达的，这种语言能相当清楚地表达出最重要的情绪。我始终认为，尽管乌鸦的同伴比我更清楚地明白语调更为精细的渐变，但我也知道它所表达的意思。

这无疑是警告的叫喊，明明白白地说出："当心，你前面有麻烦！"还有一种类似的叫喊，但以不同的变调说出来："赶快，赶快，我要给你看看值得一看的东西。"有那种嘲笑和挑衅的叫喊，就是一群乌鸦穿过森林驱逐猫头鹰时发出的叫喊；有那种呱呱声，就是交配的乌鸦做爱时发出的声音；有羽毛丰满的幼雏发出的恐惧的鸣叫和索食的哀鸣；还有那种特别邪恶的呱呱声，而那样的声音，只有在饱餐牧草地上的其他鸟类幼雏时才会发出来。

我熟悉这样的情形，便赶紧加快脚步，前去拯救那些受害的幼雏，但为时已晚。这场盛宴一直在进行，且已接近尾声——巢穴几乎空空荡荡。那受害幼雏的父母得到了邻居的增援，尽力抗击入侵的掠夺者。它们对其俯冲、疾飞、抓挠，扯下其羽毛，但丝毫无法撼动那强悍的掠夺者，掠夺者确实胆大包天，并没有因为我的临近而迅速离开。于是我站在附近的一个土堆上，精力充沛而准确地扔出了好几轮石头，驱赶它们，它们才沉重地振翅飞走，那种姿态仿佛是吞咽得太饱，使其无法飞翔一般。

我怀着遗憾的心情回家，从那以后，我就发誓要用霰弹猎枪来报复所有的乌鸦，而等到我在做晚餐时将鸡肉切成薄片的时候，我才意识到乌鸦的行为情有可原。因为，乌鸦毕竟拥有把知更鸟当作晚餐的权利，那跟我把鸡肉当作晚餐的情况毫无二致。

尽管如此，乌鸦当然要对鸟儿繁殖期间大批雏鸟的夭折而负有责任。我个人认为，这就是这些黑色强盗犯下的最大的罪行。由于这个原因，乌鸦也饱受体型较小的鸟儿的憎恨，我毫不怀疑，正是这种负罪感使得小鸟们对乌鸦群起而攻之——哪怕是对方发动一丁点攻击之前，就耷拉着脑袋逃之夭夭了。黑鹂和王霸鹟（kingbird）都会以相似的方式来对待乌鸦，使其羞愧地匆忙振翅飞向大树林，不管乌鸦究竟是企图行窃它们的家园，还是屠杀它们的孩子，反正情况都一样，都会遭到对方的攻击。

就像大家已经了解的扒手，被警察草草判罪、押解出镇子，无论乌鸦是否因为干了这样的坏事而有罪，王霸鹟都会在筑巢繁殖期间逐走任何越过其路径的乌鸦。你会听到王霸鹟发出那种刺耳的声音，那是有些嘶嘶作响、怒气冲冲的尖叫，你会看到它从上面的空中俯冲下来，发出"砰"的重击声，攻击那正在振翅漫飞的乌鸦的后背。这种攻击也许会使得乌鸦背部的羽毛四处飞散，而乌鸦绝不会尝试进行还击，只是耷拉着脑袋，更加急匆匆地飞往更高的树木，摆脱这种折磨。我从不曾了解过王霸鹟或任何其他愤怒的小鸟发动的攻击，会给乌鸦带来什么实质性的伤害，但我知道，王霸鹟当然会赶走乌鸦，让其振翅逃逸。

有一年8月，正当我穿越一片偏僻的沼泽，在其最朦胧、最遥远的角落，我突然听到乌鸦中间传来一阵巨大的骚动。我悄悄溜上前去一看，才发现原来是一些乌鸦围绕着另一只乌鸦而飞扑，中间的那只乌鸦就栖息在一根低矮的枝条上，距离地面一两米。那只乌鸦正发出恳求似的鸣叫，那声音就像是贪婪的幼雏想得到更多食物而发出的，起初我认为这就是那种幼雏贪食的例子，因为尽管到了8月，所有的乌鸦雏鸟早就羽毛丰满、完全成熟了，亲鸟还继续小心翼翼地照料着它们。但我还没看见那些乌鸦，它们就用敏锐的目光看到了我的存在，于是全都振翅起飞，一哄而散，只剩下那只我假定的雏鸟，它依然栖息在树枝上，保持沉默，当我接近它，把它从栖木上捉起来，它也不曾试图移动半步。

原来，这只乌鸦并非雏鸟，它只是又老又瞎，还虚弱不堪。我认为，从它的眼睛的外观来看，它已经瞎了一段时间了。那么，有趣的问题就来了：它既然已经瞎了那么久，那它怎么还会活得这么久呢？在这么长的时段里，它肯定无法为自己觅食，或许是其他那些乌鸦一直在给它喂食。

我不知道乌鸦能活多久，但这只乌鸦达到了最长寿命。于是，我把它带回家，让它在院子里自由活动，而它也服服帖帖地接受了我的安排。我给它喂食，它似乎乐于拥有我这样的"养父"，也似乎毫不害怕。但没想到的是，它的存在却招来了另一个家族的强烈不满，那就是在邻居的苹果树上筑巢的王霸鹟。王霸鹟的雏鸟很久以前就长大了，早已飞走，应该不害怕乌鸦的出现，而实际上，有时尽管四周看不见王霸鹟的身影，但只要那只乌鸦一出现，它们就会迅速飞进院子，野蛮地攻击它。

尽管那只乌鸦是我所见过的最温顺的乌鸦，但我还是不得不一次又一次挺身而出，将它从王霸鹟愤怒的攻击中拯救出来。现在王霸鹟无须保护幼雏了，因此就毫无顾忌地放手大干一番，通常，王霸鹟在黄昏就睡觉了，但现在，即便是天黑之后，在我把那只可怜的乌鸦放在掩蔽处过夜很久之后，这对王霸鹟也不依不饶，我听得见它们在那棵苹果树顶上对自己发誓，等着对那只乌鸦重新发动沉重的打击。大约在9月1日，王霸鹟就会离开我们而飞往南方，但我相当清楚，就在那一年，这对王霸鹟耽搁了好些日子才迟迟启程南迁，对于我收养的那只没有牙齿的老乌鸦，它们不得不放弃其日常施以的折磨，它们为此而恨之入骨。

在冬天来临之前，那只乌鸦就死了，无疑死于年迈，它的死亡似乎犹如一个族长渐渐逝去。大约在来年的5月5日，那对王霸鹟又飞回来，我注意到它们还特别仔细地检查过我的后院，而且非常缜密地检查了好几次。可见，它们还记得那只乌鸦，准备在自己开始筑巢繁殖之前，将其驱逐到附近的乡野之中。

　　这个乌鸦族长如此年迈，使得我发现它的时候，它也无法看见我。而当我把乌鸦幼雏波克斯和科克斯从它们的巢穴中取出来的时候，它们还如此年幼，以至于根本就看不见什么。它们的家牢牢地构筑在一棵相当大的松树的上部枝条上，当我爬上去，它们差点把那些点缀着褐色斑点的青绿色的蛋踢出巢穴。这个巢穴的基础由结实的树枝构成，上面覆盖着较小的枝条，在这些枝条内部，是一个用纤细的嫩枝精细地编织而成的杯状物，里面铺垫着葡萄藤的皮和铅笔柏柔软的纤维物质。

　　巢穴里面，有5只幼雏，它们的眼睛所在之处长有暗色的疣，嘴巴预示性地大大张开，外貌显得有些丑陋。当我喂给它们一定数量的鸟食，我就意识到，那些张开的嘴就会狼吞虎咽地吃掉，然后又张开，吵嚷着需要更多的食物。我本来应该把它们留给其父母照看，但是当我接近巢穴的时候，它们的父母都默默地溜走了，在整个这场我实施的诱拐期间，它们竟然都没有显身。我认为，这样的遗弃是由智慧而不是由胆怯或无情促使的，因为乌鸦父母具有奉献精神，在其雏鸟离巢之后很久，它们还会继续照顾自己的孩子，而此时，其他鸟类的父母对雏鸟的奉献早就停止了。

　　在这5只乌鸦幼雏中间，我没有选择，所有的幼雏都同样丑陋，于是我随意抓起两只，用一块大手帕裹住它们，然后用牙齿咬着手帕末端，双手攀援着从树上爬下来。我敢说，那对老乌鸦看见自己的幼雏就这样被掠夺者的牙齿衔着带走，它们肯定会认为我就像它们的同伴——因为我认为它们会吃掉知更鸟的幼雏。但是，我并不怀疑它们从安全的隐蔽处看见了这发生的一切，它们也竭尽全力隐藏着，甚至没有发出一丁点声响。

从一开始，这两只幼雏毫无疑问地接受了我——这个没有羽毛的人类替代了它们的父母。它们还接受了我塞进它们大大地张开的嘴里的食物，而且会再度缄默地张开，要求我投喂更多的食物。不久以后，它们就能看见了，稍后还发出了声音。然后，当它们看不见食物送来，就会大声嚷嚷，要求我去喂食，当它们看见食物或者我，或者任何接近它们的人类，它们又充满热情地大叫着要食物。我并不认为邻居们会充满善意和喜欢我的这对宠物，因为他们面对这两只小乌鸦，无疑是面对着隔壁公寓中的一台钢琴和一个歌剧报考人，成天喧闹不已。

有时候，这些嚎叫的小家伙一天就能吞下大量食物，重量跟自己的体重相当，其食物形形色色，其中有鱼类、蛙类、蚱蜢和餐桌上的残余物，实际上是我幸运地找到的和绝望迫使我急中生智找到的一切，它们都统统来者不拒。夜幕降临时，我依然发现它们在贪婪地效仿奥利弗·特维斯特[1]（Oliver Twist）。但是，它们成长了起来，长得如此相似，以至于我本人和任何其他人都无法辨认出究竟哪一只是波克斯，哪一只是科克斯。

---

[1] 19 世纪英国作家狄更斯的名著《雾都孤儿》中的主人公。

随着它们的羽毛生长出来，它们的雄心也开始萌发了。不久，它们就能伫立在巢穴的边缘上——在靠近后门的一棵树低垂的枝条上，我给它们构筑了一个巢穴，同时，它们还能拍动虚弱无力的翅膀，呼唤我这个侍者前去服务。尽管我是它们的守护天使，它们的喧嚣并不是专门因为我才响彻天空的。我觉得只要有可能，任何人都可能给它们喂食。

它们第一次离开巢穴冒险，就露出了这样的特征。当时，新来的牧师穿过院子，抄捷径去拜访邻居。碰巧在几分钟之前，波克斯和科克斯就吃饱了肚子，并且很沉默，实际上是处于半睡状态。但是，当那位牧师的帽子在距离它们的巢穴60厘米之处掠过之际，它们便起而应对，用一种它们相互能够理解的乌鸦语言大叫"面包，由于上帝的缘故而给予我们面包吧！"接着，它们就飞落到牧师的帽子上。当然，邻居一家赶来拯救了他，并谦逊地道歉，而牧师很善良，也并不为此生气。后来尽管他继续慷慨大方地前来拜访，但我认为他有些偷偷摸摸，并且是从前门进来的，无疑是在提防那对乌鸦。

波克斯和科克斯的翅膀长得强劲了，便展翅飞出去，搜寻所有可能的食物供应者。它们最熟悉我，因为我最经常给它们喂食，然而在别的方面，它们对我却既没显示出偏爱，也没显示出友爱。此外，它们还远离正在附近的商店干活的木匠，因为它们很多次都差点没能逃脱被木匠扔出的斧子斩首的命运，不过，它们还是让自己保持在斧子的打击范围之外，并撩人地大声嚷嚷。木匠们认为，这两个家伙嘲弄了他们，他们还曾经常常威胁说要射杀这两个家伙。

当然，这两只乌鸦也不甘示弱。作为报复，它们从木匠那里偷走亮晶晶的钉子、螺丝，还偷走它们所能抓得住的小工具。它们采用同样的法则，抓走了我那把手柄上镶有珍珠的随身小折刀，尽管我们经常搜寻它们的囤积之物，却从来不曾找到。它们的行为常常让旁观者乐得忍俊不禁，但更为频繁的是让人伤透脑筋，有时候简直令人不可容忍，因为我的脑海里至今依然浮现出这样生动的一幕：善良、年迈的祖父托特在田野上的小径旁，一路回家，他停了下来，因为他再也不能拄着拐杖蹒跚前行，不得不用它来击退波克斯和科克斯的骚扰。

另一方面，跟人类邻居相比，鸟类邻居们对波克斯和科克斯的感觉也好不到哪里去，尽管我一定会说我从来不知道这两只乌鸦会打扰王霸鹟、知更鸟、蓝鸲和麻雀的巢穴或幼雏，但它们的出现确实会使得这些鸟儿都处于高度紧张的状态。实际上，只要我养着波克斯和科克斯，它们就不会露出一丁点学会独自出去觅食的迹象。它们的食物来源完全依赖于人类，如果人类不善良，那么它们就肯定要忍饥挨饿。我认为，如果我出于良心考虑而试图让它们断绝人类给予的食物，那么它们就可能显示出照顾自己的能力，但我从来没有勇气去这样尝试，我也并不认为附近的邻居会经受住这样的考验。

有一天，它们突然一去不返，消失得无影无踪，我从不知道它们究竟发生了什么。也许它们突然听见了荒野的召唤并予以了回应，从而重返荒野。为此，邻居们狂欢过不止一次。

波克斯和科克斯让人失望，因为它们几乎没有显示出聪明才智，还拥有一点流氓习气和强烈的食欲。它们显露出的特性是青春的特性，而它们所缺乏的特性，也许会随着年龄的增长而显露出来。也许乌鸦父母把智慧教给幼雏，在林中生长的鸟类无疑会显示出这样的智慧。波克斯和科克斯则没有这样的智慧，或者，如果它们真的拥有这样的智慧，它们就将其隐藏了起来，跟我的那把小折刀和木匠的工具藏在一起了。

另一方面，林中生长的乌鸦最强烈的特性就是不信任人类。如果这种特性在乌鸦部族中发挥了作用，那么它们的本能就会把这种不信任灌输到波克斯和科克斯青春的脑袋中，但是它们并没显露出这样的特性。因此，我对乌鸦又出现了新的谜题，因为无论是野性的还是温顺的乌鸦，都有我解不开的谜题。前几天，50来只乌鸦聚集在一条穿越松林的林中路四周，展现出最疯狂的进攻，声嘶力竭地大叫。

这些乌鸦如此大规模地进攻，以至于当我接近的时候，它们也根本没有注意到我，我认为它们在那里把一只鹰或者猫头鹰逼得走投无路，而且正在折磨它，因此，我沿着那条从它们中间横穿而过的林中路走过去，准备一探究竟。然而，那里既没有鹰也没有猫头鹰，更没有能解释引发它们如此大规模进攻的其他一切原因。尽管如此，在这个空荡荡的空间四周，它们不断飞奔、呱呱鸣叫、振翅翻飞、直立、保持警惕，还在一根树枝上不断颤栗，疯狂地凝视着什么——那似乎在它们看来非常真实也非常可怕的东西。但是，我没看见那里有什么东西，我甚至没发现一只躁动不安的花栗鼠（chipmunk）。一会儿之后，它们便沿着道路去继续追逐那个虚无之物，接着越过小片土地，进入树林的另一区域，这样的情景让我目瞪口呆，充满疑惑：它们是否仅仅在玩一场游戏，在根本没有怪物的地方，完全虚构、假装看见了一个怪物？它们是否真的能看见了我呆滞的眼睛根本看不见的某个林地妖怪，一路追踪而去？

波克斯和科克斯可能就在它们当中，因为我所了解的一切，也许正如后来被人告知的那样，乌鸦是一种非常奇怪的动物，而那时，你开始了解它，就像作为乌鸦的"养父"所不得不了解的那样。

诗人译者 | 董继平

译著年表

诗集　　1991 年《奥克塔维奥·帕斯诗选》

　　　　1995 年《四季的枫叶：多伦多诗选》

　　　　1998 年《纸上幻境：布洛克诗选》

　　　　1998 年《秋天奏鸣曲：特拉克尔诗集》

　　　　1998 年《从两个世界爱一个女人：勃莱诗选》

　　　　1998 年《时间与水：二十世纪冰岛诗选》

　　　　1998 年《玫瑰祭坛：索德格朗诗全集》

　　　　2002 年《安东尼奥·马查多诗选》

　　　　2002 年《伊凡·哥尔诗选》

　　　　2003 年《索德格朗诗全集》

　　　　2003 年《W·S·默温诗选》

　　　　2003 年《托马斯·特兰斯特罗默诗选》

　　　　2003 年《阿蒂拉·尤若夫诗选》

　　　　2003 年《二十世纪冰岛诗选》

　　　　2004 年《卡瓦菲诗歌精选》

2004 年《洛尔迦诗歌精选》

2011 年《特兰斯特罗默诗选》

2012 年《欧美诗歌典藏丛书》（共 5 卷）

随笔　2005 年《清新的野外》

2015 年《自然札记》

2015 年《鸟的故事》

2015 年《猎熊记》

2015 年《秋色》

2018 年《探访大灰熊》

2018 年《荒野漫游记》

2018 年《动物奇谭录》

2018 年《追寻野蜂蜜》

2020 年《林地小道》

2020 年《荒野牧草地》

2020 年《林间漫游记》

2020 年《野林之路》

小说　　2017 年《了不起的盖茨比》

自然物语丛书（第一辑）

这个世界的启示在荒野

无论你是在山林、湖畔、路边，还是在人类可以前往的所有荒野，都可以用约翰·巴勒斯的观察方式来探究自然。

——《自然札记》

鸟类世界与人类世界惊人地相似，充满了战争与爱情、欢乐与悲哀。

——《鸟的故事》

自然物语丛书（第一辑）

这个世界的启示在荒野

梭罗从季节的变迁、泥土的气味、种子的成长与
果实的成熟中，捧出这些朴素然而闪光的文字。

——《秋色》

出人意料的是，一个政治家以优美的文笔描述了
危机四伏的野外狩猎生活。

——《猎熊记》

自然物语丛书（第二辑）

每一个生命都值得敬畏

这是美国博物学家、著名自然文学作家、"落基山公园之父"埃诺斯·米尔斯作品在中国的首译。

——《荒野漫游记》

本书叙述了作者在山野间漫游时对北美最大的陆地野生动物——大灰熊进行探索的种种经历和真实奇遇。

——《探访大灰熊》

自然物语丛书（第二辑）

每一个生命都值得敬畏

地球上的一切生物都绝非呆若木鸡，造物主为自
己可爱的小动物创造了一个个奇迹。

——《动物奇谭录》

当人们被困在水泥格子中大口喘息时，这样一本
佳作却给我们带来了绿色的呼吸。

——《追寻野蜂蜜》

自然物语丛书（第三辑）

世界将自身缩小为一滴露水

我听到了堤坝上的水潺潺流淌的哼唱，听到了下面溪流的絮语，一只歌带鹀清晰、圆润、兴奋的嗓音，恰好穿过这些声音而传递过来。

——《林地小道》

穿过牧草地，香气从美洲葡萄的花朵上飘送而来。我只知道，它让我梦想到潘神在世界的早晨吹奏的笛管。

——《荒野牧草地》

自然物语丛书(第三辑)

世界将自身缩小为一滴露水

秋天,树叶开始飘落,从枝头飘向它们泥土中的家。地面上,风吹得落叶沙沙作响,仿佛是在演奏死亡进行曲。

——《林间漫游记》

北方飘来的雪把树林装扮得洁白,犹如神秘的世界,充满了形形色色的建筑,宛若仙境。

——《野林之路》